남성 클리닉 에세이

갈치 가운데 토막

안태영 安太榮

호 : 현조(玄照)
1953년 경남 함안 출생
부산중·고등학교, 서울대학교 의과대학 졸업
울산의대 서울아산병원 비뇨의학과 주임교수 과장 역임
대한남성과학회 아시아태평양성학회 회장 역임

홍범식 洪範植

1966년 서울 출생
의사, 수필가 (에세이문학)
울산의대 서울아산병원 비뇨의학과 교수

남성 클리닉 에세이

갈치 가운데 토막

안태영·홍범식 지음

nBook

: 들어가는 말 :

제1부
생리하는 남자

제2부
야간 운동

차례

제3부 부러진 남성

제4부 치료자는 바로 당신

: 들어가는 말 :

마음을 나누며

| 안태영 |

환자가 없다면 의사도 없습니다. 생생한 진료 경험을 통해 많은 것을 느끼지만 흐르는 시간 속에 잊히기 마련입니다. 그래서 생각해본 것들을 붙잡아두고 서로 나누어 보고자 함은 모두의 바람일 것입니다.

우리는 정보의 홍수 속에 살고 있습니다. 사람들이 책보다는 인터넷으로 글을 접하는 경우가 더 많아졌지요. 성(性)의학 전문가들이 쓴 유익한 의학칼럼은 인터넷에서 쉽게 찾아볼 수 있습니다. 하지만 건강과 의학만이 아니고, 남성클리닉을 주(主)무대로 하여 남성과 부부 관계 자체에 대한 고민과 생각들을 담아낸 글은 흔치 않은 것 같습니다.

독서 인구가 줄어드는 작금의 상황에서 이런 글쓰기가

과연 얼마만큼이나 독자들에게 도움이 될지 의구심이 들기도 했습니다. 하지만 글로 담아내어 다루고자 했던 여러 고민들이 한 권의 책으로서 나누어질 수 있다면, 앞으로 더 좋은 내용과 형식으로 남성과 부부 문제에 접근해보려는 노력들이 생겨나리란 믿음에 끝까지 작업을 진행할 수 있었습니다.

남성의학에 수십 년간 몰두했던 전문가로서 논문과 같은 딱딱한 내용이 아닌 따뜻한 글로서 환자들을 위로하고, 부부로 살아가는 사람들과 공감도 해보고, 또 도움도 주고 싶었습니다. 기억에 남는 환자들과 에피소드를 소재로 했고, 그동안 발표해온 칼럼이나 신문기사 등을 기반으로 사유와 성찰을 보태어 어렵사리 글을 쓰고 책을 내게 되었습니다.

제자이자 후배 교수인 홍범식 선생은 등단 수필가이기도 합니다. 함께 글을 쓰고 고치고 다듬어 보았습니다. 남성질환을 소재로 유쾌하고도 진지하게, 때론 슬프지만 여운이 남도록 담금질해낸 이 책이 아무쪼록 이 땅의 부부들과 부부의 연을 맺으려는 사람들에게 조금이나마 보탬이 될 수 있다면 더할 나위 없겠습니다.

볼륨을 올려라

| 홍범식 |

수술 받고 마취에서 깨어나면 '살아 있음'이고, 아픈데도 일어서서 걷는 것은 '살아감'입니다. 누구든 살아간다는 것 자체로 자신만의 이야기를 써나가는 거지요. 환자복 벗고 퇴원하면 살아내야만 합니다. 살아낸 삶들은 이야기를 남깁니다.

세상 모든 것들은 소리 죽인 라디오와 같다는 생각입니다. 가만히 귀 기울이면 그 속에 담긴 추억들이 들려옵니다. 현상의 세계만이 존재하고 아무런 이야기도 없다면, 배우가 나오기 전의 연극 무대와 다를 바 없습니다. 배우가 무대에 올라 대사를 읊조려야 비로소 연극은 시작되지요. 삶은 마음에만 담아두기에는 아쉬운, 손때 묻은 소품들이 그득한 무대입니다.

제 지도교수이신 안태영 선생님과 무대에 올라 남자들과 여자들의 이야기를 풀어놓아 보았습니다. 기억의 페이지에 생각을 담아 책 한 권 엮어 책꽂이에 꽂아봅니다. 선생님과 나눈 대화와 함께 한 글쓰기는 즐거운 여정이었습니다.

책갈피 속에 은밀한 이야기도 몇 개 끼워두었습니다. 삶과 삶은 이야기로 만나 또 다른 이야기로 이어집니다. 이 책 또한 새로운 이야기들로 이어져 나가길 바라는 마음입니다.

세상은 저마다의 사연들이 빽빽하게 꽂혀 있는 헌책방입니다. 책갈피를 펼치면 숨겨진 이야기 벌레들이 꿈틀거리며 기어 나옵니다. 남성의학 클리닉 라디오는 남성 전용 채널이지만 여성들도 엿듣습니다. 눌러져 있던 무음(無音) 버튼을 끄고 한껏 볼륨을 올려봅니다.

1

생리하는 남자

인류의 계보를 이어갈 정자들이 위태로웠다.
공기로 들이마신 유기용제가
이처럼 직접적인 생식 세포 독성을 일으킬 수 있다는 사실 앞에서
우리를 둘러싼 환경의 역습을 느꼈다.
독성에 쉽게 망가지는 고환은 연약한 존재다.
잘난 척 힘자랑하는 남성들도 알고 보면 바람 앞에 휘둘리는
연약한 존재이듯이….

사라진 정자(精子)

01

창밖으로 보이는 한강 너머 건물들의 윤곽이 분명치 않다. 미세먼지 탓이다. 보기만 해도 가슴이 답답하다. 인간의 폐는 세상과 직접 소통한다. 허파 꽈리를 현미경으로 관찰해보면 들여 마신 공기는 미세한 막(膜)을 사이에 두고 모세혈관과 맞닿아있다.

공기 속의 산소는 혈관 속으로 녹아들어 인간에게 생명을 공급한다. 헐떡이며 살아가는 인간은 세상과 함께 호흡하며 교감하는 열린 구조다. 미세먼지로 호흡기 질환이 증가한다는 것은 과학적으로 입증되었다. 신체적 건강만이 아니라 우울증과 자살 위험과 같은 정신적인 악영향도 큰 것으로 알려지고 있다.

만약 탁하고 건조한 공기로 목이 아픈 가족이 있다면 누구든 가습기(加濕器)를 틀어주고 싶을 것이다. 그런데 가습기에서 분출된 독성 물질로 인해 폐가 딱딱하게 굳어지는 치명적인 폐 섬유화병(=肺纖維症)이 발생되어 온 나라가 떠들썩했다. 폐는 섬세하고 가녀린 구조다. 일명 '가습기 살균제 사망 사건'은 73명의 목숨을 앗아갔다.

우리 병원도 이와 관련된 환자들에게 폐 이식을 시행했다. 남의 폐를 이식해야 할 정도로 다 망가진 폐. 가습기는 치유와 사랑의 전자제품이다. 그래서 아이의 머리맡에 켜준 가습기에서 뿜어져 나온 독은 더더욱 끔찍한 것이 된다. 이 사건은 국민들로 하여금 독성 물질에 대한 집단 알레르기 증상을 일으키기에 충분했다. 최근에도 소아용 물티슈의 유해성 논란을 살충제 계란이 이어갔고, 유해 생리대 논란으로 나라가 시끌벅적했다.

해가 가도 미세먼지는 좋아질 기미를 보이지 않는다. 달라지지 않는 칙칙한 서울 하늘이 보기 싫어 블라인드로 창을 가려버렸다.

1995년을 전후로 전자제품 회사에서 부품을 세척하는 일을 해오던 여성 근로자들이 무월경(無月經)이나 생리 불순, 악성 빈혈 등 집단적인 중독 증상을 일으켰다.

일본에서 수입된 유기용제(有機溶劑)를 세척제로 사용했는데, 환기 시설이 미비한 작업장에서 유기용제의 독성 물질을 과다 흡인한 것이 원인으로 밝혀졌다. 일본에서는 이 물질을 취급할 때 적절한 작업장의 환기시설을 완비하고, 호흡 보호구를 착용토록 하여 아무 문제가 없었다고 한다.

같은 작업장에서 일하던 남자 근로자들은 우리 병원에 위탁되어 유해성 여부를 확인하기 위한 검사를 받았다. 자세한 병력을 조사했고 신체검사가 이루어졌다. 정밀 검사로는 정액검사, 혈액검사, 소변검사, 고환 조직검사 등을 실시했다. 정액검사에서는 정자 숫자가 감소하고, 운동성이 떨어진 비정상 소견이 상당수 관찰되었다. 그 중에는 정액 속에 정자가 아예 없는 무(無)정자증도 있었다. 대부분의 고환 조직검사 결과는 비정상으로 나왔다.

고환 조직을 현미경으로 확인하던 순간을 잊을 수 없다. 정자는 고환을 꽉 채우는 미세하고 가느다란 관, 즉 정세관(精細管) 속에서 만들어진다. 무정자증 환자의 정세관은 위축되어 있었고, 그 속에서 정상적으로 관찰되어야 할 정자는 물론이고 정자를 만들어내는 세포들마저 찾을 수 없었다. 한마디로 정자들은 사라지고 씨가 말라 있었다. 충격적인 결과였다.

인류의 계보를 이어갈 정자들이 위태로웠다. 공기로 들이마신 유기용제가 이처럼 직접적인 생식 세포 독성을 일으킬 수 있다는 사실 앞에서 우리를 둘러싼 환경의 역습을 느꼈다. 독성에 쉽게 망가지는 고환은 연약한 존재다. 잘난 척 힘자랑하는 남성들도 알고 보면 바람 앞에 휘둘리는 연약한 존재이듯이….

특징적인 소견은 호르몬검사에서도 확인되었다. 뇌하수체(腦下垂體)에서 분비되는 황체화(黃體化) 호르몬(LH)은 고환의 라이디히 세포(Leydig cell)에 작용하여 테스토스테론(Testosterone)을 만들게 한다. 또 다른 뇌하수체 호르몬인 난포자극(卵胞刺戟) 호르몬(FSH)은 고환의 대부분을 차지하는 정세관에 작용하여 정자 형성을 자극한다. 남성 과학의 세계는 뇌까지 연관된 오묘한 것이다.

고환은 결국 스스로는 아무 일도 하지 못하는 하청 공장에 불과하단 생각도 든다. 이루어야 할 목표를 잃고 불어넣어지는 영감(靈感)도 사라진 뒤 사랑마저 받지 못하는 존재는 이미 남자가 아니듯이….

고환 독성이 진행되면 예민한 정자를 만들어내는 정세관이 먼저 파괴된다. 이에 대한 보상 차원에서 줄어든 정자 형성을 독려하기 위해 난포자극 호르몬(FSH)이 비정상적으로 상승한다. 더 독성이 진행되어 라이디히 세포마저 손상받아 테스토스테론 생산이 감소하면 황체화 호르몬까지 상승되면서 테스토스테론의 분비를 자극한다.

가장 손상이 심해 무정자증을 보였던 환자들에게서 난포자극 호르몬은 물론이고 황체화 호르몬까지 비정상적인 높은 수치로 상승되어 있었다. 인간의 씨앗을 품은 고환이 독살되려 하자 뇌 아래에 있는 뇌하수체는 "살아나라 깨어나라!" 하고 안타까운 비명을 내지르듯 성선자극(性線刺戟) 호르몬들을 뿜어내고 있었던 것이다. 혈액 속에 비정상적으로 높게 오른 호르몬들은 자식 잃은 부모의 마음속에 맺힌 멍울처럼 선명했다.

근로자들 중 상당수가 뇌와 고환의 호르몬 축에 이상을 보였다. 남성호르몬이 감소된 사람들은 몇 명 있었지만, 뚜렷한 발기부전으로까지 이어진 경우는 없었다. 정자 형성의 이상을 초래한 경우가 대부분이었다. 이 사건은 세척제의 주(主) 성분이었던 2-브로모프로판(2-Bromopropane)에 의한 세계 최초의 생식 독성 직업병으로 기록되었다.

1996년 겨울, 세계 29번째로 OECD 회원국인 된 한국을 위해 자랑스러운 일은 아니었다. 하지만 연구팀은 이 잘 알려지지 않았던 독성 물질의 치명적 고환 독성에 대한 연구

결과를 1997년 봄 미국 루이지애나의 뉴올리언스에서 개최된 미국 비뇨의학회에 발표하였다. 그 해 겨울 한국은 IMF를 맞았다.

유기용제 사건은 어쩌면 몇 년 뒤 슬그머니 시작되어 수많은 가족들의 가슴에 지울 수 없는 아픔을 남기고 그 원인을 밝히는 데만 수년이 걸린 '가습기 살균제 사망 사건'의 예고편이었는지 모른다. 모든 화학 물질은 나름의 유해성을 내포하고 있다. 성분을 모르는 화학 물질이라면, 그 독성이 확실히 규명되어 안전성이 입증되기 전에는 제품으로 만들어지거나 사업장에서 사용되어서는 안 된다.

우리가 흔히 진부하다고 느끼기 쉬운 속담이나 격언들 속에 이미 모든 진리가 담겨있다. 굳이 새로운 말이나 생각을 만들어내려 고생하지 않더라도, 예부터 전해오는 우화나 전설은 삶의 양식들을 쉬운 언어로 전해준다. 귀 기울여 실천하지 않는 자에게 진리란 없고 어떠한 성취도 주어지지 않는다.

'소 잃고 외양간 고친다'고 했다. 어떤 일이 이미 잘못된 뒤에서야 비로소 바로잡으려 하는 것을 꼬집는 말이다. 미리미리 준비하고 대처하는 것이 중요하다는 것은 누구나 다 안다. 그런데 실행에 옮기질 못하기에 발전이 없는 것이다. 똑같은 실수가 반복되는 무감각한 사회를 살다 보면 소 잃으면 외양간이라도 고쳐야 한다는 생각이 절로 나는데, 그것조차 잘 되지 않는다. 외양간은 늘 그대로이고, 소가 아니라 사람들이 죽어나간다. 정자들이 사라져간다.

생리하는 남자

육체의 떨림을 따라 해일처럼 몰려드는 정신의 출렁거림, 모든 것을 주고 싶고 그 무엇도 받아들일 수 있을 듯한 격정의 수축과 이완 속에서 밀폐된 오르가슴은 결국 액화(液化)되고 만다. 끈적거리고 뭉클한 에로티시즘의 진액, 바로 정액(精液)이다. 흘린 피가 굳듯이 정액은 사정(射精)되자마자 몇 덩어리로 응고하였다가 시간이 지나면서 균등하게 녹는다. 우유 빛깔의 이 액체는 특징적으로 밤꽃 향기를 낸다. 인간의 정액은 티스푼으로 하나 정도면 큰 문제없다. 말(馬)은 드링크 한 병이다.

정액은 예술로도 승화된다. 유월의 풍경화에 밤꽃 향이 나부낀다. 향토 시인 정춘근은 이 독특한 액체의 후각적 에

로티시즘을 홀로된 여인과 홀아비의 마음을 빌려, "봉창 달빛 아래 홀로 치마끈 풀던 밤이면 / 살짝 문고리 풀어놓던 청상과부 한숨이 / 밤꽃 향기에 섞여 있겠지 / 살다 보면 눈웃음치는 / 남정네는 많아도 / 못난 서방처럼 / 밤꽃 냄새 풍기는 / 사내는 없었겠지"라며 토하듯 그려내기도 했다.

청상과부도 홀아비도 아닌 멋지게 차려 입은 부부가 진료실을 찾아왔다. 요즘은 부부가 함께 남성 클리닉을 방문하는 경우가 드물지 않다. 과거에 비하면 많이 달라진 풍경이다. 이불 속에 꼭꼭 숨겨두었던 '성'은 이제 나이를 불문하고 예쁜 클리닉 간판을 당당히 찾아온다.

환자는 60대 초반의 건강해 보이는 남성이었다. 머쓱한 표정을 지으며 별일 아니겠거니 하는 태도를 보이던 그와 달리, 함께 방에 들어온 여성은 아주 근심스러운 모습이었다.

얼핏 보아 아내의 권유로 병원을 찾은 것이 분명했다. 남자가 말하기를 지지난 주에 부부 관계를 했는데 사정액에 피가 섞여 나왔다는 것이다. 태도가 당당하고 나이에 비해 젊어 보였던 아내는 아주 빨갰다며 남편의 말을 거들었다. 그러더니 어제 관계를 했을 때도 또 피가 보였다면서 눈을 크게 치켜세웠다. 남자는 시선을 아래로 떨어뜨렸다.

피, 그것은 누구에게나 심각한 것임에 틀림없다. 객혈이나 토혈, 혈변이나 혈뇨를 보면 누구든 병원을 찾는다. 마찬가지로 부부가 함께 은밀하게 생성한 이 신비로운 액체에 선명히 드러난 붉은 피는, 그들의 사랑에 경종을 울릴만한 충격적 사건이 되고도 남았다.

비뇨의학과의 주요한 한 분야인 성의학은 이 은밀한 액체를 현미경으로 훔쳐본다. 시로 표현되는 은유와 상징이 아닌 과학적 언어로 분석한다. 클리닉에서 이루어지는 정액검사를 통해 정액의 양과 색깔, 산·염기도와 액화 정도를 알 수 있고 그 속에 담긴 정자의 수와 활동력, 형태와 생존율까지 측정된다.

한 남자의 남성성이 수치화, 정량화되는 정액검사는 어쩌면 누구에게나 약간은 두렵고 부담스러운 검사이기도 하다. 경우에 따라서는 나의 거친 남성성이 고작 이렇다니 하는 비애를 불러 올지도 모르기 때문이다. 갑자기 정액 양이 줄었다거나, 자녀를 가져야 할 젊은이의 정액 양이 한 티스푼도 못 채운다면 클리닉 간판을 찾아야 한다.

그러나 나이 들면서 조금씩 줄어드는 정액 양 앞에 고개 숙이며 삶의 허무와 무력을 느낄 필요는 없다. 세월이 가면서 고환이 쭈글쭈글해지면 분비되는 남성호르몬도 점차 줄어든다. 남성호르몬의 감소는 자연스레 정액 양의 감소로 이어지기 때문이다. 사정액을 남성호르몬으로 오해하는 환자들이 간혹 있는데 그것은 잘못된 상식이다. 남성호르몬은 혈액검사로 측정할 수 있다.

정액 중에 정자가 차지하는 비율은 10퍼센트도 되지 않는다. 전체의 3분의 1 정도가 전립선액(前立腺液)이고, 나머지 정액 대부분은 정낭액(精囊液)이다. 정자를 전달해주는 건강한 매개체로서의 이 부수적 액체는 정자를 반드시 전달할 필요가 없어졌을 때 자연스레 줄어들게 마련이다.

그런데 이 환자처럼 갑자기 정액에 피가 보이면 아주 놀라고 걱정이 되어 병원을 찾게 된다. 이런 증상을 혈정액증(血精液症)이라고 하는데, 20대 젊은이에서부터 70대의 노령기에 이르기까지 다양한 연령층에서 나타날 수 있다. 특별한 자각 증상은 없기 때문에 본인은 잘 모르고 지내다가 이들처럼 아내에 의해 발견될 수 있고, 또 콘돔을 이용한 성교나 자위행위로 발견되는 것이 보통이다.

환자의 아내는 생리가 끊어진 지 오래되었는데 갑자기 생리가 나오나 하고 깜짝 놀랐다고 했다. 산부인과를 가야 하나 고민하다가 관계를 마친 남편과 상의하던 중 정액에 피가 섞인 것을 알게 되었다면서, 문제를 알아차린 경위를 무척 적나라하게 털어놓았다.

큰 걱정 할 필요는 없다고 해도, 부부는 전립선과 같은 남성 기관의 암이 아닌지 노심초사했다. 사실 혈정액증의 원인은 대체로 모르는 경우가 대부분이다. 환자들이 걱정하는 것과 달리 전립선이나 정낭의 암이라든지, 그 외의 심각한 질환인 경우는 흔치 않다.

일부 밝혀진 원인으로는 정낭 점막(粘膜)의 과다 증식이라든지, 전립선의 염증성 질환을 들 수 있다. 그 외에도 심한 성적 자극도 원인으로 거론된다. 마치 피곤하면 코피가 나는 것처럼 혈관이 풍부한 전립선과 정낭의 미세한 혈관들이 출혈의 진원지일 수도 있다. 그 외 고혈압과 출혈성 질환 같은 전신 질환도 원인이 될 수 있다.

2주에 한 번씩 건강한 성생활을 유지해온 이 남자의 고환은 아직 탱탱했다. 항문에 손가락을 넣어 만져보니 전립선은 적당했다. 큰 문제없다면서 다시 안심시키고, 소변검사와 전립선에 대한 간단한 혈액검사를 해보기로 했다. 부부는 검사 결과를 보는 날짜를 잡은 뒤 한결 밝은 표정으로 진료실을 나섰다.

원인이 불확실한 경우가 많고 특별한 질환이 발견되는 경우가 드물기 때문에 혈정액증의 치료는 대증(對症)요법이 원칙이다. 신체 타 부위에 결핵성 병변(病變)이 있으면 항(抗)결핵 치료를 하고, 만성 전립선염이나 정낭염이 있으면 전립선과 정낭 마사지나 항생제 치료를 하기도 한다.

정낭 상피(上皮) 세포의 위축을 위해서 여성호르몬 치료법을 시행하기도 한다. 이 경우에는 여성형 유방이나 심장혈관 계통의 합병증 유무를 관찰하면서 신중히 사용해야만 한다. 최근에는 남성호르몬 억제제를 경험적으로 투여하여 좋은 결과가 보고되기도 하지만, 아직까지는 좀 더 많은 임상 경험과 연구가 필요해 보인다.

어찌 되었든 가장 중요한 포인트는 혈정액증 자체가 결코 심각한 질환이 아니므로 지나치게 걱정하거나 스트레스를 받을 필요가 없다는 점이다. 단, 근처 비뇨의학과를 찾아가 간단한 원인 검사를 통해 전립선과 정액, 그리고 소변에 비정상적인 소견이 있는지 확인하면 된다. 남성 전문의의 적절한 치료로 해방될 수 있는, 병이 아닌 병임을 인식하는 것이 중요하다.

결과를 확인하는 날 금슬 좋은 이 부부는 화사한 옷차림으로 진료실에 함께 들어왔다. 모든 검사에 특별히 심각한 원인 질환은 발견되지 않았다. 이 소식에 부부는 환하게 웃으면서 안도했다. 환자는 마지막 관계 때 정액 색깔이 나아졌다고 말했다. 그러자 아내가 다시 나서더니 약간 갈색으로 변했고, 피처럼 붉지는 않았다고 구체적인 설명을 덧붙였다.

늘 환자 앞에서 정중함을 잃지 않고자 노력하는 나는 그만 피씩하고 웃고 말았다. 그리고 그녀의 말이 옳다고 맞장구를 쳐주면서, 출혈이 멎으면 갈색으로 변하고 그러다가 시간이 가면서 점차 다 좋아진다고 일러주었다. 남편을 따라 자리에서 일어선 아내가 진료실을 나가기 전 나지막한 목소리로 남편에게 소곤거렸다.

"내가 생리가 끊어지니 이제 당신이 생리를 하는가 보네요."

웃는 부부를 따라 미소 지으면서, 나는 머릿속으로 정춘근의 시에 '살다 보면 눈웃음치는 남정네는 많아도 / 못난 서방처럼 생리해주는 사내는 없었겠지'라며 대구(對句)를 읊었다.

남성 오디세이

인간의 몸을 이루는 모든 체세포는 각기 46개의 염색체를 갖고 있다. 이들은 둘씩 짝을 이루고 있으므로 모두 23쌍이다. 그 중 딱 한 쌍만이 성을 결정하는 성염색체다. 그래서 해운학적으로 남자는 배, 여자는 항구이지만 유전학적으로는 남자는 XY, 여자는 XX다.

염색체의 성은 정자와 난자가 결합하는 수정의 순간에 결정된다. 정자와 난자는 체세포가 아니라 생식 세포다. 생식 세포는 분열할 때 염색체 수가 반으로 줄어드는 감수 분열을 한다. 따라서 정자와 난자의 염색체 수는 23개로 체세포의 반이고 당연히 성염색체도 한 개만을 가진다. 둘이 만나 완전한 하나가 되는 것이다. 난자는 XX로부터 나오니까

X 한 개를 가졌고 정자는 XY로부터 나오니 X 아니면 Y 한 개를 가진다. X를 가진 난자와 Y를 가진 정자가 만나면 남성이 된다.

한 번 사정될 때 나오는 평균 정액량은 3.7밀리리터이고, 그 속에 전체 정자 수는 인도네시아 인구와 비슷한 2억 6천만 마리다. 엄청난 수다. 전체 정자 수가 5천만 남한 인구 이하로 감소된 경우, 즉 1밀리리터 기준으로 1천 500만 개 이하를 감정자증(oligozoospermia)이라 한다. 이를 상징적으로 인구학에 빗대어 해석해보면, 이 땅의 젊은이들로 하여금 결혼하여 가정을 이루고 적극적인 출산으로 이어지게 하여 인구를 보전케 할 사회적 노력이 시급하다.

정자들의 반은 X염색체를, 또 다른 반은 Y염색체를 가진다. 아들이냐 딸이냐는 정자 책임이고, 유추 해석을 해보면 사정한 남자의 책임이다. 수정 후 수정란이 자궁에 자리를 잡는 착상 과정과 그 후 뿌리를 내리고 하나의 생명체를 형성해가는 과정은 신비롭기 그지없다.

단 하나의 오차도 허용되지 않는 미시적 원리 원칙이 작동된다. 수정을 통해 XY 쌍이 이루어지면 남성으로 결정되지만, 염색체적 남성을 결코 완전한 남성이라 할 수 없다. 모태에서의 발생 7주까지는 성적으로 중성 상태이기 때문이다.

자궁의 품에 안긴지 6주가 되면 놀라운 여정이 시작된다. 역동적이고도 서사적인 이 과정은 발생학을 배우는 의학도들을 몽환적인 은유 속으로 빠져들게 한다. 새로이 생겨난 세포들의 출렁거림과 부서짐, 만남과 헤어짐, 무늬와 결의 형성, 차이와 반복, 그리고 이 모든 생성의 순간들은 끊임없는 운동 그 자체다. 포말로 사라지는 바닷가 파도이고, 울렁거리는 노르웨이의 피오르 해안이다.

축축한 바위 아래로 퍼져나가는 이끼들이고, 창문에 서리는 입김이나 성에가 퍼져가는 문양이며, 백두대간의 산맥처럼 뼈대 속에 출렁거리다가도 아득한 밤하늘의 별처럼 반짝인다. 이러한 생성의 운동 속에서 고환 조직의 프렉탈(fractal) 패턴은 형성되고, 모태에서의 발생 4개월째에 이르면 고환은 크게 성장한다. 드디어 남성호르몬이 분비되기 시작한다. 진정한 남성의 탄생이다.

고환에서 분비되는 남성호르몬인 테스토스테론은 급격히 증가되어 태아기 최고점에 이른다. 이때 혈액 속의 테스토스테론 농도는 70세 이상 노인의 것과 비슷한 정도다. 태아의 작은 고환을 생각해보면 놀라운 수치다. 불에 기름을 붓는 격이다. 불협화음 같던 오케스트라에 거장 지휘자가 나타나 웅장한 조화 속에 베토벤의 교향곡「합창」이 연주된다. 모든 것은 일사불란하고 질서정연하게 구조화되고 체계화된다.

다 이루었을 때 고환은 남쪽 나라를 향한 장대한 여정을 시작한다. 임신 7개월째 고환은 뱃속의 가장 아래를 향한다. 갈 길이 막히자 사타구니로 길을 뚫고 나아간다. 최고의 땅굴 파기 선수다. 스스로 내뿜는 테스토스테론은 굴을 파는 다이너마이트다. 서혜부(鼠蹊部)를 지나 뱃속에서 나온 고환은 출생 직전 마침내 음낭 속으로 파고들어 자리를 잡는다. 고환이 이동해 간 터널은 흔적으로 남는다. 전립선비대 등으로 오랜 기간을 배에 힘을 줘서 소변을 보게 되면 이 길이 다시 열리게 되는데, 남자에게서 서혜부 탈장이 생기는 이유다.

고환의 남하 이유는 자유로운 남쪽 나라도 따뜻한 남쪽 나라도 아니다. 고환에게 뱃속은 너무 덥고 갑갑하다. 남성은 자유롭고자 하며 독립적이다. 자신만의 공간이 필요하며 숨은 듯하면서도 스스로를 드러내고자 한다. 고환은 체온보다 2~3도 시원한 남쪽 음낭 나라가 좋다. 평생 여기서 살고 싶다. 이 모든 것을 이루고 나면 테스토스테론은 그 수치가 바닥으로 떨어져 거의 분비되지 않는다. 한바탕 열정적 일을 치른 남성은 잠시 쉬고 싶다.

세상에 태어나 백일이 되면 잔치를 한다. 잔치 분위기에 편승해서 테스토스테론 분비가 다시 증가하는데, 발생 과정의 최고치와 유사한 정도까지 상승한 뒤 1세 이후에는 다시 감소한다. 고환이 음낭으로 내려오지 못하고 이동 경로의 중간에 머무는 것을 정류고환(cryptorchidism)이라고 한다. 출생 시 100명 중 3~4명이 정류고환을 보인다.

백일잔치 테스토스테론 상승은 못 내려온 고환들로 하여금 늦어도 돌잔치까지는 모두 음낭으로 내려오도록 명령한다. 돌잔치 때가 되면 정류고환 유병률은 0.8%로 감소한다. 아쉬운 사람에게 한 잔 더 주는 커피 리필처럼, 참으로 후덕한 테스토스테론이 아닐 수 없다.

리필 서비스까지 마친 고환은 이후 정적 속으로 숨어든다. 테스토스테론은 다시 바닥을 치고 거의 분비되지 않는다. 놀이터에서 들려오는 남자아이들의 재잘거리는 목소리. 이 장난꾸러기들은 도대체 어느 별에서 왔을까? 왔다 갔다 부산하고 정신없이 떠들고 돌아다니는 말썽꾸러기들. 제어가 되지 않는 고집불통들.

사춘기 전까지의 남자아이들이란 사실 남자가 아니다. 같은 처지의 여자아이들과 아무런 목적이나 거리낌 없이 잘 뒤섞여 논다. 하나의 전혀 다른 생명체들이라고 할 수 있는데, 그들의 고환은 테스토스테론을 거의 분비하지 않는다. 테스토스테론 제로의 중성이다. 자궁에 착상한 뒤 한동안 중성 상태로 시간을 보냈던 것처럼 세상에 안착한 뒤에도 중성의 시기를 갖는 것이다.

그래서 이들 신기한 생명체들에게서는 무한한 비밀과 가능성을 억누르고 있었던 수정란처럼 모든 것이 내재된 채 정지된 신비로움마저 느껴진다. 언젠가 불을 내뿜으며 폭발할 남성의 휴화산. 그 거친 불꽃같은 삶을 위해 잠시나마 자의식 없는 장난꾸러기가 되어 티 없이 맑게 뛰놀아야 한다.

그것은 분명 하나의 사건임에 틀림없다. 사춘기는 점진적으로 오는 것이 아니다. 어느 날 밤, 소리도 소문도 없이 불쑥 문을 열고 들어와 송두리째 삶을 뒤흔들 낯선 운명의 손님처럼 찾아온다. 뇌의 아래쪽에 작은 종처럼 매달려 있는 뇌하수체. 모두가 잠든 한밤중에 낯선 손님은 전신의 힘을 다해 종을 때려버린 뒤 사라진다.

어느 날 갑자기 남성을 일깨우는 종은 울리고야 만다. 뇌하수체는 부르르 떨며 폭발적인 속도로 성선자극(性線刺戟) 호르몬을 분비해낸다. 이날 밤 남자의 삶은 시작된다. 소년은 이제 낯선 남자가 되어 그 정체를 서서히 드러내게 될 것이다.

흔히 사춘기를 질풍노도의 시기라 한다. 질풍이란 엄청 빠른 바람, 노도는 휘몰아치는 물결을 말하니 적절한 은유적 표현이 아닐 수 없다. 몰아치는 바람과 물결을 일으키는 것은 테스토스테론이다. 사춘기 고환은 테스토스테론을 태아기와 신생아기 최고치의 4배까지 혈액 속으로 쏟아 붓는다.

테스토스테론은 여성의 에스트로겐과는 비교가 되지 않는 강력한 작용력을 가졌기에 이 정도 양은 실로 엄청난 것이다. 저항하는 묘한 눈빛을 띠고, 은근히 공격적인 행동들을 내비치며, 서서히 본색을 드러내는 2차 성징의 징그러운 탈바꿈. 그것은 곤충의 변태를 떠올리게 할 정도다.

테스토스테론을 만난 뇌는 공격성을 띤다. 사냥 본능은 테스토스테론이다. 뇌보다도 몸을 먼저 완성하기 때문에 겉만 그럴듯한 남자이지 속은 말도 잘 통하지 않는 어린아이에 불과하다. 스스로도 주체하기 힘든 괴물의 탄생이다. 에스트로겐의 영향을 받는 여자아이들에 비해 뇌의 성숙이 더뎌, 그들과 잘 어울리지 못하고 무시당하기 일쑤다. 피부를 뚫고 꿈틀대며 비집고 나오는 하이드에 당황해하는 지킬 박사처럼 남성을 완성하느라, 여성을 실현하느라 버겁기만 한 그들은 바로 사춘기 소년소녀들이다.

20~30대는 테스토스테론 기준으로 보면 이 시대 이 나라 밀림의 제왕이고, 활기의 원천이다. 페미니즘을 냉소하는 유일한 남성의 시기다. 이러한 높은 테스토스테론은 40대 초반까지 유지되어 남성에게 인류 보존의 임무를 수행시킨다. 뇌에 작용하여 성욕을 일으키고, 음경에 작용하여 발기를 유지시킨다. 골격과 근력을 증가시켜 진취적이고 의욕적인 삶을 자극한다. 남아도는 칼로리는 테스토스테론이 불태워버리므로 배도 나오지 않은 매력적인 사냥꾼이 되어 도시의 밤거리를 서성인다.

그러나 천정에 닿았다는 것은 곧 내리막길이 있음을 의미한다. 아이들이 태어나고 유모차를 밀고, 이사를 가고 승진도 한다. 40대 중반에 다다르면 테스토스테론 분비가 서서히 감소하기 시작한다. 같은 연령의 여성들은 반대 과정을 밟고 점차 테스토스테론의 상대적 영향력이 커져, 이 연령대에서 남녀는 사춘기 이전의 아이들 때와 같이 서로 잘 어울려 지낸다. 그 때는 몰랐던 것도 함께 즐기기에 여념이 없다.

50대를 넘기면서 테스토스테론이 감소하면 근육은 줄고

복부 지방이 쌓여, 각진 근육질의 모습은 소실되고 몸이 둥글둥글해진다. 에스트로겐의 상대적인 영향력이 증가되면서 공격 본능은 줄어들고, 한 시절 까칠했던 남자들도 점차 친절하고 온화한 모습으로 변해간다. 사회적 기반은 마련했지만 성욕도 줄고 발기력도 약해져 남성 클리닉의 주된 고객이 된다.

아이들도 훌쩍 커버렸고 집안은 고요하다. 안보이던 것들이 눈에 들어오고 계절의 변화에 민감해진다. 길을 걷다가 예쁜 꽃송이가 보이면 스마트폰을 꺼내 사진도 찍어본다. 마음에는 슬슬 가을 낙엽이 쌓여간다. 해가 지면 일찍 집으로 퇴근한다. 술자리가 있어도 2차는 없다. 늦게 퇴근할 때마다 컹컹 짖던 개도 늙어 이제는 꼬리치며 반겨준다. 개와 산책을 즐기고 빗질을 해줄 때 마음의 평화와 행복감을 느낀다. 페미니즘에 순응하고 폐경에 이른 아내의 남성스런 변모와 위대함에 놀라곤 한다.

백일잔치를 맞은 남자 아기와 손자를 안고 즐거워하는 할아버지의 혈액 내 테스토스테론 수치는 비슷하다. 남자임을 말해주는 최소한의 수치로 이끌리는 연대감이다. 아기가 자라면서 오줌을 잘 못 가릴 때, 할아버지는 전립선비대로 화장실을 들락날락한다. 연대감은 더욱 커지고 손자

보는 재미가 다른 모든 것들을 압도한다. 비뇨의학과에서 처방받은 전립선비대 약 때문에 복용해야 하는 약의 가짓수가 더 늘었다. 초등학교 동창의 부고(訃告)가 왔고, 대학 동창 한 명은 전립선암으로 수술 받은 뒤 기저귀를 차고 다닌단다.

늙은 아내에 대한 친절함은 미안함으로 바뀌고, 테스토스테론의 추억에 이끌려 남성 클리닉으로 발길을 향한다. 고농도 남성호르몬 주사제에 젊음의 기운을 느껴보고, 처방 받은 발기부전 치료제에 기대어 아내에게 아직 건재한 남자임을 증명해보이고자 한다. 한때 치솟았다가 점차 꼬꾸라져 가는 테스토스테론의 하강 곡선 끝단을 다시 치켜세우고, 흐느적거리는 음경을 곧추세워 최후의 남성으로 남게 해줄 클리닉의 대기실에 앉아 있다.

그러면 어린 시절의 추억과, 청춘의 뜨거움과, 지난했던 삶의 과정들이 영화 장면들처럼 머릿속을 스쳐 지나간다. 자신보다는 아내가 꼭 더 오래 살아야한다는 바람을 마음속에 그려보고 있을 때, 대기자 명단 앞줄에 이름이 뜨고 진료실로 들어가려 일어서려니까 부은 왼쪽 무릎이 쑤셔온다.

종합 예술

클리닉

전신의 기관이나 조직에 영양분을 공급하는 혈관의 중요성은 누구나 다 잘 알고 있다. 고혈압이나 당뇨병과 같은 성인병은 물론이고, 복부 비만으로 대표되는 넓은 의미의 대사증후군(metabolic syndrome)은 동맥경화와 같은 혈관 질환의 주된 원인이다.

좁아진 혈관은 건강의 적신호다. 관상동맥이 좁아져 발생되는 심근경색은 생명을 위협하고, 뇌혈관 질환은 심각한 신경학적 장애를 남길 수 있다. 발기부전 역시 성인병이나 대사증후군 환자에서 높은 빈도로 발생된다. 발기부전의 주된 원인 중 하나가 혈관의 문제이기 때문이다.

오래 전에는 고혈압이나 당뇨환자를 치료하던 내과 의사

가 환자로부터 발기부전이 있다는 말을 듣고 비뇨의학과로 의뢰하는 예가 많았다. 그러나 지금은 거꾸로 벌어지는 일이 많아졌다. 다시 말해, 발기부전을 진단한 비뇨의학과에서 동반된 질환의 협진(協診)을 위해 내과로 의뢰하는 예가 늘어난 것이다.

이는 과거에는 질병이 아니고 개인의 핸디캡 정도로 취급되던 발기부전과 같은 성기능 질환에 대한 인식 변화에 따른 것이다. 잠자던 성은 깨어나 공론화되었다. 이러한 관심의 증가와 남성 의학의 발전은, 성기능 문제를 가진 사람들의 발길을 자연스레 남성 클리닉으로 향하게 한다. 클리닉은 단순한 성기능만이 아니라 남성의 건강 자체를 다룬다.

발기능(勃起能) 이상은 전신 질환을 미리 알려주는 중요한 척도다. 이는 정상적인 발기과정이 혈관과 신경, 그리고 내분비계의 모든 기능이 조화롭게 작동할 때 가능한 신체 현상이기 때문이다. 사실 인간의 음경은 하나의 거대한 혈관 파이프라고 할 수 있다.

음경은 단단한 백막(白膜)으로 둘러싸여 있다. 그 속엔 수많은 동맥과 정맥이 스펀지 모양의 해면체 사이로 뻗어나간다. 이 미세한 혈관들을 통한 혈류, 즉 피의 흐름이 발기의 근간을 이룬다. 또한 이 혈관들의 수축과 이완은 신경계와 직접적으로 연동되어 있기 때문에 발기 과정은 한마디로 종합 예술이다.

발기부전을 보이는 남성 상당수에서 대사증후군이나 성인병이 발견된다. 이들 중에는 심각한 혈관 질환이 방치되고 있다가 발기부전을 계기로 인지되는 경우도 있다. 실제로 남성 클리닉을 찾는 발기부전 환자의 절반 이상이 고혈압, 동맥경화, 심장 질환과 같은 심혈관 질환을 겪는다고 조사되었다.

이를 보면 그 자체로 하나의 혈관 파이프라고 할 음경의 기능은 심장이나 뇌, 그리고 전신 혈관의 건강 상태를 나타내주는 척도임에 틀림없다. 특히 50세 이후에서 발기부전을 보이면 반드시 남성 클리닉을 방문하여 대사증후군에 대한 체크를 해보아야 하고, 심혈관계 진단도 함께 받아보는 것이 좋다. 발기는 생활 속에서 혈관 건강을 체크할 수 있는 자가(自家) 진단 방법이라고 해도 무방하다.

전신의 건강 상태와 연결되어 있는 또 하나의 중요한 것이 남성호르몬, 즉 테스토스테론의 분비 감소다. 이는 성욕 감퇴나 발기부전과 같은 성기능 이상은 물론이고, 사춘기 2차 성징(性徵)의 발현과도 직접적 연관이 있다. 테스토스테론은 고환에서 생성되지만 정상적인 호르몬의 생산과 작용은 뇌하수체와 부신, 갑상선과 같은 전신의 내분기계와 연관되어 있다. 남성 클리닉의 검사 과정에서 감춰졌던 내분기계 질환이 발견되기도 한다.

테스토스테론 결핍에 의한 대표적인 증상이 성욕 감퇴로 대변되는 남성 갱년기 증상이다. 나이가 든다고 모든 사람이 성욕이 줄고 발기능이 약화되는 것은 아니다. 나이 탓으로 돌리다가 삶의 질이 하락하는 것 외에도 잠재된 건강 이상이나 질환의 발견을 놓칠 수도 있다.

따라서 성욕 감퇴, 기억력 감퇴로 우울한 기분이 들거나 근력 감퇴 등으로 활기를 잃을 때 테스토스테론을 측정하여 남성 갱년기 여부를 확인해보는 것이 좋다. 삶의 질을 향상시키는 결과와 함께, 잠재된 질환을 찾아내어 건강한 삶을 유지할 수 있기 때문이다.

사춘기 남자 청소년들이 신체 발달이 늦거나, 고환의 통증이나 혹, 아랫배나 사타구니의 불편감이나 통증, 배뇨 증상 등을 보이면 비뇨의학과를 통한 진찰이 필요하다. 특히 이유 없이 남자 아이가 배가 아프다고 하면, 고환에 통증이 있는지 반드시 확인해야 한다. 고환염전(睾丸捻轉)과 같은 응급 질환이나 부고환염(副睾丸炎)과 같은 염증성 질환에 의한 방사통(Radiating pain)이 원인이 될 수 있기 때문이다.

남성, 특히 외부로 드러난 음경과 고환은 그 자체만으로 작동하는 독립된 기관이 아니다. 뇌와 혈관, 내분기계가 모두 어우러져 몸 밖 야외에 전시해놓은 종합 예술품이다. 오늘날 남성 클리닉은 남성의 건강 전반을 다룬다. 발기능이나 성욕에 문제가 있다면 건강한 사람이라고 할지라도 근처의 남성 클리닉이나 비뇨의학과를 찾아야 한다.

발기는 부부의 건강한 성과 튼튼한 혈관의 상징이다. 성욕은 부부의 행복한 성과 남성호르몬의 상징이다. 발기는 건강의 첨병이고, 성욕은 갱년기의 파수꾼이다.

고환의 유령

인간은 고통 속에 살아간다. 정신적인 고통과 육체적인 통증이다. 종종 둘 다이면서 서로가 서로의 원인이 되는 경우도 많다. 원죄로 인해 필연적인 것이 고통이라면 어쩔 수 없다. 뚜렷한 자신의 과오에 의한 것이라면 대가를 치르듯 감수하겠지만, 때때로 우리의 고통은 아무런 이유 없이 슬그머니 찾아와 삶을 무너뜨린다.

고교 시절 문과와 이과를 선택해야 했다. 그것이 살아가면서 고뇌해야 할 고통의 종류를 선택하는 갈림길이었던 것을 그때는 잘 알지 못했다. 인간의 한계와 유한성에 대한, 불신과 배신에 대한, 오만과 편견에 대한, 불의와 불평등에 대한, 이념과 감성에 대한 그 모든 인문사회학적 고통들은 어쩌면 문과다.

의사로서 바라봐야만 하는 인간들의 구체적이고 실재적인 통증들은 이과다. 통증을 기술하고 그 강도를 측정하면서 맞서 싸워나가다 보면, 육체에 내재된 인간 본성에 다가서게 된다. 때론 인간의 위대함에 놀라 찬양가를 부르다가, 어느 순간 그 연약함에 절망하여 치를 떨게 된다.

이과생들이 발견해나가는 인간성에 대해 문과생들은 제한된 시야에 따른 편협함이라 놀리지 말기 바란다. 인문학적 고통은 통증 없는 신체에서만 가능하다. 일단 육체적 고통이 찾아오면 모든 것을 삼켜버리기 때문이다.

하지만 육체와 정신의 이분법은 무의미하다. 병원에는 정신의학과가 있다. 현대의 정신의학은 약물 요법이 대세다. 정신을 다스리는 한 알의 약. 그것의 비밀스런 작용 기전은 종종 모식도(模式圖)를 통해 설명된다. 미시적 세계를 나타낸 그림 속에는 세포의 미세 구조와 각종 물질이 단순화된 기호로 표기된다. 이들의 연관성은 선으로 표현되고, 작용과 반작용은 다양한 방향의 화살표로 묘사되어 있다.

약물이 세포막의 수용체에 부착하면서 시작되는 상호 작용은, 세포 속으로 연속적인 반응과 파급을 일으키며 소용돌이와 물결로 이어진다. 그러다가 끝내 다시 잠잠해지는 화합과 평온으로 귀결된다. 육체와 정신은 미시적 세계에서 하나로 합쳐진다. 미시적 세계는 하나의 우주다.

세포 안에서 벌어지는 작용과 반응들은 현실과 대면하는 인간의 마음속에서 펼쳐지는 모든 현상의 세계와 유사하다. 육체와 정신은 알 수 없는 기호와 의미들로 뒤엉켜 하나의 덩어리를 형성하며 존재한다. 그것을 쪼개고 쪼개어 도달한 최후의 단위는, 신경 세포막을 통해 흐르는 전기 신호에 의해 형성된 하나의 작은 떨림이다.

육체와 정신이 같은 것이라면, 고통은 블루투스(bluetooth)와 같은 보이지 않는 끈이 되어 인간과 인간을 엮어 놓는다. 예수는 십자가에 못 박힌 뒤 육신은 사라졌다. 하지만 그가 감수한 고통은 영원한 것이 되어 오늘날까지 기독교를 믿는 수많은 신자들의 가슴 속에 통증을 전한다. 돌아가신 부모의 몸은 저 세상에 있지만 말년에 겪어야만 했던 고통들로 자식들의 마음은 아프기만 하다.

윤동주의 시는 언어화 된 고통이다. 그가 노래한 밤하늘의 별들이 전해주는 깊은 울림 뒤에는, 늘 후쿠오카(福岡) 감옥에서의 고통스런 울음이 여운으로 남는다. 어디 사람들 사이에서만 그러한가? 때론 우리의 몸도 이 블루투스의 끈을 끊지 못할 때가 있다. 사라진 신체는 유령이 되어 주변을 맴돈다. 보이지 않는 아쉬움과 고통의 기운을 전하면서….

멀쩡하게 생활하던 그가 문제의 단초를 드러내기 시작한 것도 통증 때문이었다. 누구나 부러워하던 회사에 취업한 뒤 꿈을 키울 때였다. 전도유망하던 청년은 어느 날 왼쪽 음낭 부위에 심한 통증을 느꼈다. 이후 간간히 전해오는 통증은 일상적인 업무에 방해를 주기 시작했다. 음낭 전체에서 울려오는 얼얼한 통증. 날카로워지면 사타구니와 아랫배까지 당겨왔다.

그는 인근 비뇨의학과를 찾았다. 정계정맥류(varicocele), 즉 고환 주변에 늘어난 정맥들에 의한 통증이란 말을 듣고 가끔 진통제를 복용하면서 지냈다. 그의 고환통은 조금 나아지는 듯하다가 악화되기를 반복하였다.

다른 클리닉에서는 만성 골반 통증 증후군이나 만성 전립선염이 의심된다면서 항생제를 몇 주간 처방해주기도 했다. 특별한 이유 없이 오래도록 회음부나 외성기, 사타구니나 하복부의 통증이 지속되는 경우 종종 내려지는 진단이다. 그럼에도 불구하고 증상이 계속되자 인근 대학병원을 찾아가 초음파검사를 받았다.

그 결과 부고환에 작은 물혹, 즉 부고환 낭종(囊腫)으로 인한 통증이라고 설명을 들었다. 그 곳에서도 필요할 때 진통제를 먹거나, 일정 기간 항생제를 복용하는 등 치료를 받았지만 호전되지 않았다.

그는 여러 병원을 가보았지만 증상이 좋아질 기미를 보이지 않자 점차 초조한 마음이 들기 시작했다. 회사에서의 업무 능력도 현저하게 나빠지고 있음을 느꼈다. 고환 통증으로 집중하기가 어려웠다. 그는 절망하기 시작했다.

고민을 거듭하다가 대학병원 의사에게 부고환을 수술해 달라고 요청했다. 그러나 의사는 결혼도 하지 않은 젊은이의 부고환 수술은 곤란하다면서 경과를 계속 지켜볼 것을 권유했다. 정신적으로 피폐해지고 회사에서도 궁지에 몰렸을 때, 마지막이란 생각으로 클리닉을 방문했다. 그는 더 이상의 약물 치료는 원치 않았고, 수술이든 뭐든 좀 더 적극적인 치료를 원했다.

음낭의 고환이나 부고환 부위는 혈관이 풍부하고 신경계도 복잡한 예민한 부위다. 손끝으로 좌측 고환의 위쪽을 만지자 날카롭게 반응하면서 심한 통증을 호소했다. 전립선 검사도 정상이고 소변과 관련된 증상은 없었다. 이전 병원의 검사와 달라진 게 있는지 알아보기 위해 초음파검사를 다시 해보았다.

역시 고환 위쪽으로 늘어난 정맥들이 보였지만 가벼운 정도의 정계정맥류였다. 고환은 정상이었다. 고환 위 부고환의 머리 부분에 작은 물혹이 있었고, 그 부위를 만질 때 환자가 방어적으로 자세를 취하면서 예민하게 반응하였다. 그렇지만 심한 압통으로 보긴 어려워 통증의 원인으로 결론짓기에는 불확실하였다.

그의 말만 들어보면 근원지는 좌측 고환이었다. 고환 전체에서 때론 차갑고 때론 화끈거리는 날카로운 통증을 느끼는데, 견딜 만할 때도 얼얼하고 무지근한 느낌이 지속되어 신경을 딴 데로 돌리기 어렵다고 했다. 그는 이전 병원에서 물혹이 원인이라고 했다면서 부고환을 수술해달라고 했다.

무턱대고 수술할 수는 없는 노릇이다. 약물 치료를 거부하였기 때문에 정삭(精索)에 리도카인(lidocaine) 주사 치료를 해보기로 했다. 정삭은 고환이 매달린 가느다란 밧줄 모양의 다발이다. 그 속으로 정관, 혈관, 신경들이 지나간다. 국소 마취로 음낭의 수술을 시행할 때 정삭에 마취제를 주입하여 신경을 차단하기도 한다.

치료 후 일정 기간 통증이 완화되었다. 하지만 효과의 지속 기간이 짧아 몇 주도 되지 않아 병원을 다시 찾아와 주사 치료를 반복하기에 이르렀다. 잦은 정삭의 주사는 출혈과 감염 위험뿐만 아니라 정관에도 영향을 줄 수 있다.

치료에 부담이 느껴질 즈음 환자도 더 이상의 주사 치료를 원치 않았다. 그는 자신의 부고환 낭종을 제거해줄 것을 진지하게 다시 요청했다. 낭종 수술은 부고환에 손상을 줄 우려가 있었다. 부고환은 말이 부고환이지 중요한 부분이다. 부고환의 두부는 고환에서 생성한 정자가 최초로 고환을 벗어나는 경로다.

부고환은 두부, 체부, 미부의 세 부분으로 된 관이다. 두부를 통해 나온 정자는 부고환을 지나가면서 성숙 과정을 거치고 운동성을 획득하게 된다. 다시 말하면 사정 후 여성의 질에서 자궁까지의 길고 긴 여정을 헤엄치기 위해 일종의 몸을 푸는 과정이다.

부고환은 매우 꼬불꼬불한 관으로 이루어져 있는데, 이를 모두 펼치면 길이가 6미터에 이른다. 정자는 14일 동안 부고환을 지나면서 최상의 컨디션을 만들고, 미부에 머무르면서 사정의 순간만을 기다린다. 이렇다고 해서 꼭 주기적으로 사정을 해야만 하는 것은 아니다. 오래된 정자는 고환의 분비액에 녹아 흡수되기 때문이다.

할 수 없이 부고환의 낭종을 제거하기로 했다. 또한 정삭의 신경 일부를 미세 수술로 잘라내는 신경차단 수술을 함께 하기로 했다. 일견 약물 치료에 반응하지 않았던 환자를 위한 최상의 수술적 조합처럼 보인다. 그러나 이 수술은 매우 당혹스런 결과로 이어졌다.

수술 후 극심한 부고환의 압통이 시작된 것이다. 살짝 스치기만 해도 몰려오는 날카로운 통증. 감염도 없었고 상처도 잘 아물었지만, 낭종이 없어진 좌측의 음낭 전체에서 심한 통증을 호소했다. 만져보면 부고환을 따라 심한 압통도 나타냈다.

수술하고 3개월이 지났을 때 부모와 함께 온 그는 부고환 전체를 제거해달라고 통사정했다. 미혼 남자에게서 부고환을 적출한다는 것은 한쪽 고환의 임신 능력이 상실되는 것을 의미한다. 따라서 매우 특별한 경우를 제외하고는 부고환 부위의 수술 자체를 고려하지 않는다. 낭종 수술 때 미세하게 부고환 두부를 보존하였기에 정자의 이동에 문제가 없을 것으로 판단되었다. 그런 부고환 전체를 다시 제거해 달라는 말에 고민이 커졌다.

만성적인 부고환 통증에 대해 부고환 적출을 시행하기도 한다. 드물게 결핵 등의 염증 질환이 부고환에 결절을 만들고 만성적인 통증을 일으키는 경우가 있다. 일정 기간 항생제를 투여하여 치료하지만, 통증이 계속되면 불필요하게 약을 장기 복용하는 것 대신 부고환을 적출하게 된다. 단, 더 이상 자녀를 둘 계획이 없는 남성에 한해서다.

최근 환자는 집 근처 정신의학 클리닉에서 약물 요법을 시작했다. 정신 신체 질환과 동반된 우울증에 대한 치료였다. 환자와 부모의 동의서를 받은 뒤 부고환 절제술을 시행했다. 이것이 마지막인 줄 알았다. 그러나 그것은 불에 기름을 끼얹는 것과 다름없는 결과로 이어지고 말았다.

수술 후 통증은 더 악화되었다. 몇 달 뒤 환자는 자신의 고환을 떼어내 달라고 눈물로 호소했다. 오랜 기간 이를 보면서 안타까워했던 부모들도 할 수 없이 함께 수술을 사정했다. 환자의 정신의학과 주치의와 통화를 해보았다. 대개 우울증은 약물치료로 잘 조절되고 일정기간이 지나면 치료되는데, 이 환자의 경우 고환에 집중된 통증으로 약물 반응이 좋지 않고 간혹 음낭에 대한 자해를 암시하는 표현을 할 때가 있다고 했다.

무력감을 느꼈다. 헤어 나올 수 없는 늪에 발을 담그고, 점차 빨려 들며 탈출할 수 없게 된 것은 비단 환자만이 아니었다. 나와 그의 부모 역시 마찬가지였다. 고환이 없어진다고 통증이 사라진다는 보장도 없었다. 다 받아들일 테니 한번만 더 수술해달라고 매달렸다. 고환은 이제 모두에게 증오의 대상으로 바뀌었다.

세상에 고환 적출처럼 간단한 수술도 없다. 탱탱하던 젊은이의 고환은 잘려 떨어져나가자 물컹거렸다. 어떠한 병도 없을 고환은 병리과로 보내졌다. 일주일 후 정상 고환 조직이라는 병리과의 최종 진단 결과지가 보고될 즈음, 그는 없어진 고환 부위가 아프다고 다시 호소하기 시작했다.

유령의 출현이었다. 사지(四肢)를 절단한 뒤 없어진 사지가 느껴지면서 통증을 호소하는 유령 통증, 즉 환상 사지 통증과 같이 그는 사라진 고환의 통증을 호소했다. 텅 빈 음낭의 반쪽을 확인하고서도, 고환을 적출한 게 맞느냐고 묻기까지 했다. 고환이 사라졌으니 더 이상 해줄 것도 없었다.

상처가 다 아물고 퇴원한 환자는 외래 진료에 오지 않았다. 이후 그의 소식을 들을 수 없었다. 없어진 고환으로부터 전해오는 통증으로 인해 그의 문제가 정신적이란 것은 더 이상의 증명을 필요치 않았다. 오래 전의 일이다. 그 이후 언젠가 유령은 관대하게 그를 떠났을지 모른다. 아니면 그가 유령과 공존하는 법을 배웠을 지도 모른다. 그가 유령과 함께 사라지고 난 뒤 나는 육체와 정신이 뒤섞여 출렁거리던 깊은 늪에서 빠져나올 수 있었다.

그러던 어느 날, 진료실에 잘 생긴 젊은이가 귀에 꽂은 이어폰을 빼며 들어왔다. 조용한 목소리로 속삭이듯 하는 말이 이랬다.

"왼쪽 고환에서 심한 통증이 간혹 느껴집니다."

나는 갑자기 멍해짐과 동시에 진료실을 맴도는 고환의 유령을 본 것 같았다.

결석(結石)과 사리(舍利)

독일의 종교 개혁가 마르틴 루터(Martin Luther)는 신장결석으로 고생했다. 한 회의에 참석했을 때 결석이 양쪽 요관(尿管)을 모두 막아 의사들도 도울 수 없는 위급한 상황을 겪게 된다. 신의 계시였는지 그는 극심한 통증에도 불구하고 먼 시골길을 마차로 달려 다음 장소로 이동해야 했다.

절망적인 상황이었지만 그는 기도했고, 가는 도중 마차의 심한 진동으로 결석 여러 개가 저절로 빠져 목숨을 구하는 기적 같은 일을 체험하였다. 이 이야기를 처음 들었을 때, 만약 루터가 불교 신자여서 화장을 했다면 아마 많은 사리가 나왔을 것이라고 생각했다. 특별한 이유는 없었지만 사리라는 것이 체내에서 만들어진 여러 결석들일 거라고 생각해왔기 때문이다.

신장에 있던 결석이 아래로 내려와 요관을 막아버리면 극심한 통증을 유발한다. 아주 오래 전 전공의 때 일이다. 응급실로 급히 달려 온 20대 남자였는데, 극심한 통증을 호소하면서 옆구리를 움켜쥐고 데굴데굴 굴렀다. 진통제를 맞은 지 20분도 안되어 다시 통증으로 울부짖으며 응급실 맨바닥을 이리저리 굴렀다. 주변에 누워 있던 중환자들 모두 "저 사람이 이제 죽는구나" 하고 쳐다보았다.

모르핀 50밀리그램을 정맥으로 주사했고, 환자는 언제 그랬냐는 듯이 조용해졌다. 물을 하루 3리터 이상 마시고 줄넘기를 많이 하면 돌이 그냥 배출될 수도 있다고 일러주었다. 쑥스러운 듯 응급실을 빠져나가는 그를 중환자들은 부러운 눈길로 배웅해주었다.

며칠 후 그 환자는 내가 일러준 대로 하다보니 정말로 결석이 저절로 빠져버렸다고 한다. 그런데 결석이라고 옆구리나 배만 아픈 것은 아니다. 신경 반사에 의해 엉뚱한 곳으로 통증이 전달되어 나타날 수도 있기 때문에 종종 진단에 혼선이 빚어지기도 한다.

한 스님이 고환이 아프다면서 클리닉을 방문했다. 통증이 무척 심해보였다. 부득이 함께 온 보살을 나가있게 한 뒤 스님의 고환을 만져볼 수밖에 없었다. 아무 이상이 없었다. 스님에게 양해를 구한 뒤 항문으로 손가락을 넣어 전립선도 만져보았지만 특이한 것이 없었다.

아차 하며 옆구리를 툭 치니까 스님이 움찔했다. 사진을 찍어보니 위쪽 요관을 커다란 결석이 막고 있었다. 그의 통증은 요로 결석에 의한 고환 방사통(放射痛)이었던 것이다. 보살 말에 의하면 진땀을 흘리며 낯빛이 흔들려 많이 아프신 듯 보였다고 한다. 그런데도 스님은 식사를 거르고 물도 잘 안 드시면서 좌선에만 전념했다는 것이다. 아픈 부위가 고환이라서 말을 잘 못한 게 아닌가 하는 생각이 들었다.

요로결석은 대개 옆구리가 아픈데 결석의 위치에 따라 고환에 방사통이 나타날 수 있다. 반대로 고환 자체에 심각한 이상이 생긴 경우에는 배가 아파올 수도 있다. 전립선에 문제가 있는 경우에도 고환에 통증을 일으킬 수 있다. 남자 아이나 청소년이 아랫배가 아프다고 하면 고환에 이상이 없는지 반드시 확인해야 한다. 고환이 꼬이는 고환 염전(捻轉)일 수 있기 때문이다.

전화 예약실에서 고환이 아프다고 하니 스님인 줄도 모르고 남성 클리닉으로 안내한 모양이었다. 나중에 간호사들 이야기에 의하면 대기하던 일부 환자들은 스님을 보며 고개를 갸웃거리기도 했다고 한다. 요로결석이라고 진단을 내리자 스님은 어리둥절해 했다.

결석은 제법 컸고 시간도 오래 경과된 듯해서 내시경 수술로 빼주는 것이 좋을 것 같았다. 열이 날수도 있고 고령이니 하루 이틀 입원도 권했다. 스님은 한사코 당일 퇴원을 고집했다. 이유를 물었더니 뜻밖의 말을 했다.

많은 중생이 이 귀한 병원에 입원을 해야 할 터인데, 나 같은 사람이 이런 사사로운 병으로 입원하면 다른 중환자가 입원하지 못할 것 아니냐고 했다. 스님의 입을 통해 나온 그 말은 사뭇 무겁게 들렸다. 방을 나설 때 스님의 결석은 사리이니 그 단단함 때문에 레이저로 잘 부수어질지 근심이 일기도 했다.

사리는 깨달음의 공덕을 실현한 불타(佛陀)의 유골을 의미했기에 숭배의 대상이 되었다. 공덕을 많이 쌓았던 수많은 역대 고승에게서 사리가 나왔는데, 성철 스님의 다비식에서는 200여 과의 사리가 나왔다고 한다.

그에 비해 은허 스님은 법력(法力)은 눈에 보이지 않는 데 있다며 자신의 사리 수습을 금했다. 사람 몸속 거의 모든 곳에 돌이 생길 수 있다. 그 중에 흔한 것이 담석이나 신장결석이다. 결석은 활동이 적은 직업군에 잘 생긴다. 가부좌로 좌선하는 스님도 예외는 아니다. 화장 후 수습되는 사리는 이러한 결석이 고온 처리된 것이리라 생각했었다.

스님의 수술 날 아침, 전공의가 보고를 하는데 응급실에 암 환자 두 명이 병실이 없어 입원 대기 중이라고 했다. 문득 입원실을 차지하지 않고 당일 수술을 고집했던 스님이 떠올랐다. 오후가 되어 수술실에 들어가 보니 여럿이 모여 웅성거리고 있었다. 스님은 이미 마취가 되어 있었다. 수술을 시작하면 되는 상황이었다.

그런데 마침 응급 환자가 발생했다는 것이었다. 혈액 암으로 항암 치료 중이던 젊은 남자가 방광을 가득 채운 핏덩이로 괴로워한다고 했다. 출혈성 방광염이었다. 내시경으로 방광 안의 핏덩이들을 급히 빼주어야 했지만 수술방과 마취과 상황이 여의치 않은 모양새였다.

응급 수술까지 한다면 이미 스케줄이 잡힌 마지막 수술을 다음 날로 미뤄야 될 지경이었다. 금식하면서 기다리던 환자를 다음 날로 미룬다는 것은 참으로 난감한 일이 아닐 수 없다. 스님의 수술이 빨리 종료되면 겨우 시간을 맞출 수 있는 상황이었다. 그러나 스님의 결석은 요관에 오래 박혀 있어서 내시경으로 모두 파쇄하여 꺼내는데 제법 시간이 걸릴 것이라 예상했다.

그런데 막상 마취를 하고 내시경을 넣는 순간 모두 놀라고 말았다. 결석은 요관 아래로 거의 다 내려와 있었다. 레이저로 깰 필요 없이 손쉽게 빼낼 수 있었다. 수술은 한 순간에 끝났고, 그 날 응급 수술은 물론 취소될 뻔한 정규 수술도 모두 잘 마쳤다.

스님이 수술 후 외래를 방문했다. 컴퓨터에 저장된 수술 사진을 보여주며 간단히 설명해주었다. 스님은 신기한 듯 자신을 괴롭혔던 결석을 유심히 바라보았다. 평소에 품고 있던 생각 탓이었던지, 아니면 스님이 편하게 느껴져서 인지, 나도 모르게 그만 "사리를 없애 죄송하다"는 말도 안 되는 농담을 하고 말았다. 순간 침묵이 흘렀다. 아차 하던 순간 스님이 크게 한바탕 웃더니 이렇게 말했다.

"사리는 결석이 아니라고 이미 밝혀졌어요, 아직 모르시고 계셨군요?"

무안한 표정으로 수분 섭취를 충분히 할 것과 짠 음식을 피하도록 설명해드렸다. 그날따라 외래 진료가 조금 지연되어 있었고, 대기실에 환자도 많았다. 스님은 얼른 자리를 뜨려는 듯 서둘러 일어나며 말했다.

"이렇게 환자에게 좋은 일을 많이 하시니 그게 공덕이고 사리일지외다."

그날 밤 인터넷을 뒤져보았다. 국내의 한 분석화학 교수가 기증 받은 사리 1과를 과학적으로 분석했다는 기사를 찾아냈다. 성분 분석과 경도, 그리고 열에 대한 내구성 분석을 통해 결석 자체가 사리일 가능성은 매우 희박하다고 결론 지은 내용을 확인할 수 있었다.

루터가 결석을 통해 신의 기적을 체험한 이야기와, 고환이 아파 말도 못하고 지내던 스님의 요관결석을 치료하던 과정에서 일어났던 흐뭇한 일들을 떠올려보았다. 그날 이후 나는 사리의 과학적 공정에 대해서는 더 이상 관심이 없어졌다. 스님이 보여준 그 모든 덕이 바로 사리라는 것을 알게 되었기 때문이다.

우주와 정자

사실 모든 것의 진리는 운동이다. 결코 우리가 그 실체를 알 수 없을 우주도, 미국 천문학자 허블의 망원경에 잡힌 은하계들의 현상만으로 판독해보면 팽창이라는 거대한 운동 속에 존재한다. 가까운 달은 지구를 27일 만에 한 바퀴 돌고 있으니 공전 속도가 초당 1킬로미터다. 지구는 태양 둘레를 초속 30킬로미터로 돌고 있지만 우리는 어지럽지 않다.

태양 또한 고정된 것이 아니고 2억 년마다 은하를 한 바퀴씩 돈다고 하는데, 그 속도는 초속 217킬로미터라 한다. 우리는 어질어질한 거대한 운동의 장에 놓여 그 속을 헤매며 살아가는 존재다. 꿈틀거리며 움직이는 것이 바로 생명이고, 생성이다.

이 세상에 태어난 모든 사람들은 생성의 순간들을 거쳐 살아가고 있는데, 가장 드라마틱한 것은 아마 정자와 난자가 합쳐지는 수정(受精)의 순간일 것이다. 뛰어난 운동성의 소유자, 섭리처럼 선택된 단 하나의 정자만이 또 하나의 가장 성숙한 난자 속을 파고든다. 모태에서의 발생학적 과정은 신비스런 운동들로 가득 찬 세포들의 이동이다. 양수 속에서 유영하다가, 분만이라는 하강 운동을 통해 세상 속에 던져진 뒤 돌고 도는 인생은 시작된다.

그가 클리닉을 찾은 것은 운동성의 문제였다. 오랜 연애기간을 거쳐 결혼한 지 3년이 지났지만 정상적인 부부 생활에도 불구하고 임신이 되지 않았다. 아내가 병원을 다녀온 뒤 특별한 문제가 없다고 하자 정액검사를 받아 보려 클리닉을 찾은 것이었다. 아무래도 자신에게 이상이 있는 것 같다면서 오래 서 있거나 운동을 많이 하고 난 뒤에 앉아 있으면, 왼쪽 고환부터 아랫배 쪽으로 당기는 듯한 불쾌한 통증을 느끼곤 했단다.

신체검사를 해보니 좌측 고환 위쪽에 구불구불한 정맥들이 심하게 두드러져 있었다. 뚜렷한 정계정맥류(varicocele)였다. 정계정맥류는 고환의 정맥들이 비정상적으로 늘어나 생긴다. 한눈에 알아볼 수 있고, 만져보면 말랑말랑한 덩어리처럼 만져진다. 통증과 같은 증상도 있을 법 했다. 정액검사를 해보니 심각한 정자의 운동성 감소가 확인되었다.

음낭이 시원해야 정자도 활발하게 움직인다. 반신욕이나 좌욕을 과도하게 하면 정자의 운동성이 나빠진다. 1993년 프랑스에서 수천 명의 음낭 온도를 잰 특이한 연구 결과를 발표했는데, 음낭의 온도는 섭씨 33도이다. 체온보다 3도가 낮다. 이 오묘한 온도 차이의 비밀은 라디에이터(radiator) 그릴처럼 주름지고 얇으면서 잘 늘어나 열 발산을 도와주는 음낭의 피부에 있다.

우리 몸은 혈관으로 되어있다. 따라서 라디에이터 속의 뜨거운 물이 그릴의 표면을 통해 발산되어 실내의 난방이 이루어지듯이, 고환 속을 흐르는 정맥피의 뜨거운 기운이 음낭 피부를 통해 발산되기에 음낭 온도가 체온보다 낮게 유지되는 것이다. 그런데 정맥 혈관이 늘어나면 정체된 혈액의 과도한 열기로 고환의 온도가 올라간다. 물론 늘어난 고환 혈관으로 실내 난방이 될 리는 없고, 고환 속에서 생성되는 정자의 운동성이 떨어지게 된다.

남성 불임의 가장 흔한 원인이 되는 정계정맥류는 주로 좌측에 생긴다. 원인은 여러 가지로 추정된다. 좌측 정계정맥이 신정맥으로 이어지기 때문에 대동맥으로 바로 들어가는 우측보다 정맥의 흐름에 저항이 많을 것이라는 점과, 정맥 속 판막이 불완전해서 역류나 정체가 잘 생긴다는 이유를 든다. 왼쪽에 많지만 오른쪽이나 양쪽에 다 생길 수도 있다.

수술로 정맥들을 찾아 차단해주면 잘 치료된다. 영상의학과를 통해 정맥 혈관을 막는 시술을 함으로써 수술을 피할 수 있다. 하지만 백금 코일을 넣어 혈관을 막기 때문에 엑스선검사를 하는 경우 뱃속에 혈관을 막은 코일이 보인다.

통증도 있고 정액검사에 이상 소견을 보였으니 수술이 필요한 상태였다. 현미경을 보며 미세 수술을 시행했다. 정맥들만 잘라주어야 하고, 동맥과 림프관들을 주의해야 한다. 수술하고 몇 달 뒤 환자는 처음 올 때 입고 있었던 몸에 꼭 조이는 속옷 대신, 옛날 할아버지 스타일의 헐렁한 사각팬티를 입고 있었다. 꼭 끼는 속옷은 음낭을 몸에 부착시켜 체온의 영향을 받게 하므로 음낭 섭씨 33도의 법칙이 깨져 버린다.

그의 음낭에 체온계를 대고 온도를 재어보지는 않았지만, 현미경으로 정액을 살펴보니 정자는 꿈틀거리며 활발하게 움직였다. 운동성이 회복되었다. 통증도 좋아졌다. 재발 가능성이 있는 수술이다. 두 해를 넘기고 정기검사를 위해 방문한 환자는 아내가 사내아이를 낳았다고 하면서 즐거워했다.

통증은 많이 나아졌지만 간혹 아프다고 했다. 초음파검사로 확인해보니 특별한 것은 없었다. 그는 운동성이 생성이고 생명임을 아버지가 되어 돌아온 차이로서 몸소 입증했다.

달은 돌기만 하는 것이 아니라 한 해 4센티미터씩 지구에서 멀어진다. 가왕(歌王) 조용필의 「돌고 도는 인생」에 나오는 노랫말처럼 '그대가 멀리 떠나면 나 홀로 남아 쓸쓸하게 노래 불러야' 하나? 천체 물리학자 칼 세이건(Carl Sagan)이 경외심 속에 탄식하며 '창백한 푸른 점'이라 불렀던 지구도, 매년 태양에서 15센티미터씩 멀어진다고 하니 조금 서글픈 기분도 든다.

그래도 운동과 움직임은 우주와 세상의 본질임이 틀림없다. 소멸도 운동이고 새로운 생성을 위함이 아니던가? 베르그송은 우리의 삶과 생활도 관습과 습관에 물들어 정체되면 새로운 운동성과 생성의 힘을 상실한다고 하였다. 활발한 정자만이 수정에 성공한다. 운동은 차이를 만들어내고, 순간들은 생성의 연속이다. 오늘도 공원을 한 바퀴 돌고 주말이면 산에 올라야 할 이유가 바로 여기에 있다.

사라진 정자들의 선물

전공의 시절이었다. 교수님이 방으로 불렀다. 논문의 초록(抄錄)을 영어로 작성해서 미국 비뇨의학회에 제출하라고 지시했다. 제출한 초록은 포스터로 채택되었다. 직접 가서 발표하라는 명령이 떨어졌다. 지금은 미국 학회에서 한국 비뇨의학자의 활약이 눈에 띌 정도로 급성장했지만, 당시만 해도 미국 학회에서 발표한다는 것이 그리 흔한 일이 아니었다.

전공의 신분으로 갑자기 미국에 가게 되어 영어가 염려스러웠다. 초록은 줄줄 외울 정도로 연습했다. 영어로 온갖 예상 질문들을 만들어 답까지 달아두었다. 먼지 쌓인 영어 회화 책 몇 권을 다시 꺼내 공부했다. 출국을 앞두고 감기에 걸려 기침이 심하게 나왔다. 한 뭉치 약을 지어 여행 가방에 넣었다.

출국하는 날 의국(醫局)에서 포스터를 점검한 뒤 둘둘 말고 있는데, 교수님이 갑자기 들어오더니 왜 아직 공항에 가지 않았냐면서 당장 떠나라는 불호령을 내렸다. 병역 문제로 신혼여행도 제주도로 갔다 와서 해외여행 경험이 전혀 없었던 나는, 국제선을 타려면 공항에 일찍 나가야 한다는 사실조차 모르고 있었다.

간신히 시간에 맞춰 비행기를 타고 내 자리에 앉았다. 그때 당장 출발하지 않았으면 틀림없이 비행기를 놓치고 말았을 것이다. 등에서 식은땀이 나더니 비몽사몽에 빠져들었다. 정신은 헷갈렸지만 그 와중에 영어 초록을 중얼거렸고, 뜨문뜨문 지난 일들이 머릿속을 스치며 지나갔다.

평상시 간간히 하던 고환 조직검사를 단 몇 달 동안 수십 건이나 시행했다. 전자제품 회사에서 부품 작업을 하던 남자 근로자들의 고환 이상을 확인하는 검사였다. 근로자들은 전자 부품을 세척할 때 사용하는 특수 솔벤트(Solvent)에 노출된 사람들이었다.

이 솔벤트에 노출되었던 여성 근로자들의 독성 증상들은 이미 확인되고 있었다. 주로 무(無)월경이나 생리 불순과 같은 생식 기능과 관련이 있었다. 따라서 같은 부서의 남자들에게는 문제가 없는지 확인 검사가 필요했던 것이다.

고환 조직검사는 국소 마취를 한다고 하더라도 통증이 상당하다. 억 소리가 난다. 정삭에 마취제인 리도카인을 충분히 주사해야 하고, 검사 바늘을 찔러 넣을 음낭의 피부도 마취해야 한다. 같은 연차의 동료 의사와 요일을 정해 번갈아 조직검사를 시행했다. 때때로 비명 소리가 수술실에 울려 퍼져서 무슨 일인가 하여 다른 선생님들이 방에 들러 볼 정도였다.

누군가의 가장 은밀한 곳, 어찌 보면 가장 중요한 곳을 굵은 조직검사 바늘로 찌른다는 것은 검사하는 사람에게도 정신적 부담이 크다. 검사를 맡은 날이 다가오면 공포감이 일기도 했다. 어떤 사람은 마취제를 주사할 때부터 소리를 지르기도 했다. 한번 찔러 조직이 잘 안 나오면 다시 찔러야 했고, 한번은 조직검사 바늘이 불량이어서 새로 바꾸어 검사를 해야 했기에 세 번 찌른 사람도 있었다.

검사를 마치면 내 등에 진땀이 흥건했다. 불필요하게 두 번 더 찔려야만 했던 사람은 검사가 다 끝났음에도 윗니와 아랫니를 꽉 다물고 입술만 좌우로 크게 벌린 채 아무 말도 못했다. 그 분에게 미안한 마음을 아직도 가지고 있다.

당시 처음 연구를 진행하는 것이었기에 여러 가지 혼선을 겪었다. 자료를 제대로 입력해두지 못하고 종이 파일에 정리해두었다가 통째로 잃어버려 난리가 난 적도 있었다. 나름 동반된 내과적 질환이나 이전에 수술 받은 적이 있는지에 대한 병력과 신체검사를 자세히 기록했고, 배뇨 증상이나 성기능에 대해서도 문진(問診)을 했다. 채혈도 하여 각종 호르몬 수치까지 검사했다.

근로자들은 외래 검사실에서 묘한 비디오를 보면서 정액 검사도 했다. 모든 자료들을 차곡차곡 정리하여 파일로 만들었다. 의학 도서관에 관련 논문을 신청해서 자료도 충분히 모았다. 환자들에게 문제가 된 2-브로모프로판에 대해 집중적으로 알아보았으나, 완전히 똑같은 물질에 대한 자료는 구할 수가 없었다.

비슷한 물질에 대한 독성 자료를 미국 논문에서 어렵사리 발견하였을 때는 기뻤다. 그러나 미국에서는 그러한 물질들이 1960년대에 이미 사용 금지되었다는 논문을 읽고 크게 실망했던 기억이 아직도 난다.

병리 결과에 무정자증을 보인 환자가 다수 있었다. 그들이 이러한 명확한 결과를 통해 산업 재해 판명을 받으면 어떻게든 혜택을 볼 수 있을 것이란 생각에 조직검사를 하면서 본의 아니게 가졌던 미안한 감정을 조금은 덜 수 있었다. 그들에게 보내는 사라진 정자들의 선물이 아닐까 하는 생각도 해보았다.

비행기에서 내려다본 로스앤젤레스의 주택가는 충격적이었다. 지평선처럼 펼쳐진 주택들의 평야. 세상에 이런 도시가 있었음을 처음 알았다. 컨디션이 최악이었는데 다시 비행기를 타야 했고, 뉴올리언스에 도착했을 때는 녹초가 돼버렸다. 그래도 학회장을 오가며 틈틈이 영어 초록을 중얼거리니 지나가던 사람이 쳐다보기도 했다.

뉴올리언스의 중심부 프렌치스퀘어는 아름다웠다. 해열진통제에 기대어 함께 간 교수님들과 음악 소리에 젖은 고풍스런 버번 스트리트를 걸으며 즐거운 시간도 보냈다. 나는 거리의 악사들이 연주하는 재즈에 맞추어 기침을 마구 해대었고, 건물 발코니에서 술잔을 들고 춤추는 사람들의 몸짓에 답하듯 비틀거리며 인파를 헤쳐 나갔다.

미국 학회장의 규모와 스케일에 압도당했다. 아찔했다. 학문적 열기와 진지함이 모든 세션을 가득 채우고 있었다. 감기는 악화되어 약을 먹어도 열이 가시질 않았다. 오랫동안 나름 열심히 준비했고, 잘 발표하고 오라는 교수님의 지시도 있었다.

처음으로 미국 땅을 밟았는데 어떻게든 준비한대로 잘 하고 싶었다. 영어 질문도 바로 알아듣고 멋지게 답하는 상상을 계속했다. 그런데 발표 시간이 다 되었는데 목이 부어 목소리가 제대로 안 나왔다.

발표장은 작은 콜로세움처럼 생겼는데, 빈자리 없이 사람들로 꽉 들어차 있었다. 발표 순서는 제일 마지막이었다. 청중들은 온통 백인들이고, 동양인이라고는 나와 두 분 교수님 등 단 3명밖에 없었다. 그 분위기에 극도로 긴장했고, 기침이 안 나오게 하려고 과하게 먹은 약 탓인지 어질어질하기까지 했다. 심장은 콩닥거리고 끙끙 앓고 있는데 다행히 함께 간 교수님이 발표를 대신 해주겠다고 했다. 이 무슨 신의 은총인가 싶어 얼른 손에 쥐고 있던 초록을 드렸다.

드디어 좌장이 우리 연제의 발표를 소개했다. 앞선 발표들을 보니 연구자들이 발표자의 뒤에 모두 서 있다가 청중의 질문에 응대하고 있었다. 나도 발표하는 교수님을 따라 나가 뒤에 서 있었다. 그 때 앞에서 바라본 청중들의 모습은 잊을 수가 없다. 재즈의 고향 뉴올리언스에 모인 완벽하게 백인들로 이루어진 청중. 단 하나의 잡음도 들리지 않았다. 그들의 표정은 진지했고, 앉아있는 태도도 무척 정중했다.

명쾌한 목소리로 교수님이 발표를 시작하자 그들은 귀 기울여 들었다. 서 있는 내내 몸에 힘이 없고 속은 메스꺼웠다. 다리가 후들거리고 어질어질해서 제대로 서 있기조차 어려웠다. 발표가 끝나자 좌장은 청중들로부터 질문을 받았다.

잠시 후 우측 중간에서 누군가가 마이크를 잡고 질문했다. 독성 물질의 혈액 내 농도를 측정해보았냐는 구체적인 질문이었다. 발표하신 교수님과 함께 간 교수님이 연구 내용의 세부 사항을 알고 있는 내 얼굴을 쳐다보았다. 나는 답을 알고 있었다. 무언가 말을 해야만 했다.

순간 열심히 준비했던 날들이 머릿속을 스쳐 지나갔고, 반듯이 앉아있는 청중들의 머리통들은 내 손에 찔려야만 했던 수많은 고환들의 환영이 되어 눈 앞에 출렁거렸다. 나는 비틀거리면서 연단 마이크에 가까스로 다가가 가래 낀 목소리로 겨우 한마디를 거칠게 내뱉었다.

"No!"

좌장은 대단히 감사하다는 말과 함께 이것으로 마치겠다면서 발표 세션을 종료했다. 귀국하던 날 기침이 잦아들었다. 1997년 뉴올리언스에서 개최된 미국 비뇨의학회 참석은 내가 개업 대신 대학에 남아 볼 마음을 먹은 직접적인 계기가 되었다. 내겐 잊을 수 없는 사라진 정자들의 선물이다.

2

야간 운동

평소 다정한 애정 표현이나 신체 접촉으로
서로에 대한 신뢰가 쌓인 부부는
언제든지 자연스런 전희(前戲) 과정을 거쳐
부부의 성에 도달할 수 있다.
이들 부부는 서로 신호만 주고받으면,
함께 드리블하여 골을 향해 돌진할 몸 풀기와 훈련이
이미 되어있는 것이다.

공정거래

성의학의 괄목할 만한 발전에도 불구하고 성문화는 답보 상태다. 성은 부부가 함께 만들어 가는 것이고, 둘 만의 계약에 의해 이루어지는 내밀한 거래다. 건강한 부부의 성은 행복한 가정이라는 나무를 지탱하는 보이지 않는 뿌리라고도 할 수 있다. 이런 나무들이 우거진 사회 또한 건강하다.

자극적이고 왜곡된 성문화는 부부 간의 소중한 성에 위협이 되고 있다. 쾌락만이 목적이 된다면 부부의 성은 붕괴될 것이고, 결국 사회 근간을 해치는 결과로 나타날 수 있다. 미혼 남녀의 왜곡된 성의식은 결혼을 회피하는 잠재된 원인들 중 하나다. 또한 결혼 전에 올바른 부부의 성에 대한 교육이나 인식이 없다면, 결혼은 위험한 거래의 시작이

될 수도 있다. 오래된 부부들도 자신들의 성생활에 대해 한 번쯤은 건강 진단 받아볼 필요가 있다.

부부 관계는 사랑이라는 정신적 교감이 법적, 계약적 토대 위에 펼쳐지는 하나의 장이다. 이 장에는 여러 정신적, 신체적 거래가 활발하다. 아무런 거래가 없다면 그 장은 마감된 것이다. 모든 거래는 공정해야 하고, 신뢰가 그 바탕을 이루어야 한다. 건강한 부부의 성은 일방적인 거래가 아니다. 서로에 대한 사랑과 믿음을 바탕으로 한다.

[레드 카드 red card]

2003년 12월이었다. 당시 중앙대 의대 김세철 교수, 고려대 의대 김제종 교수와 함께 기획 기사를 준비하던 어느 일간지의 부탁으로 인터뷰를 했다. 「성 전문가가 말하는 우리의 성」이라는 주제의 기사였고, 올바른 부부의 성에 대해 자유롭게 토론하고 대화하는 형식이었다.

비아그라 출시 이후 고령에서 급증한 성에 대한 관심, 경구약(經口藥)이나 주사제의 과다 사용에 의한 여러 문제점들, 과도한 성적 자극이나 쾌락에 대한 내성으로 정상적인 성기능이 저해되는 문제 등 기사에 드러난 것 외에도 무척 흥미롭고 유익한 대화를 나누었다.

특히 부부의 성은 남녀의 공동 작품이므로 우리는 좋은 그림을 그리기 위한 묘책들을 내놓았고, 이를 토대로 부부에게 주는 충고의 말을 정리해보았다. 당시 남성과 여성을 위해 각각 10가지씩의 도움말을 선정했는데, 생활 속에 공감이 가는 표현들이었다.

각기 내용은 달랐지만 큰 의미에서 보면 서로에 대한 칭찬, 배려, 그리고 신뢰가 중요하다는 게 주된 내용이었다. 그런데 딱 한 가지 사항은 남녀 모두에게 똑같은 것이었다. 남자에게는 '잠자리에서 다른 여자 얘기는 아예 입에 담지 말자'였고, 여자에게는 '잠자리에서는 다른 남자에 대해 입도 뻥긋하지 말자'였다.

사람들은 남과 비교될 때 자존감에 큰 상처를 입는다. 특히 예민한 성관계에서 남과 비교하는 것은 아무리 가까운 부부 사이에서도 결코 해선 안 될 말이다.

이는 실재로 클리닉을 방문하는 많은 성기능 장애 환자들로부터 듣게 되는 부부 트러블의 중요한 원인이다. 남들에 비해 만족스럽지 못하다고 해도 남과 바꿀 수 없는 게 부부 사이다.

남과 비교하여 상대의 성욕이나 성기능에 문제를 일으키는 행위는 올바른 부부의 성을 해치는 불공정 거래이고 반칙이다. 축구에서 상대 선수를 열 받게 하는 모욕적 언사, 즉각 레드카드다.

[오프사이드 off-side]

부부 관계는 상호 협력에 의한다. 함께 외출할 때 보면 잘 안다. 겉옷을 훌렁 걸쳐 입고 구두까지 미리 신고 현관에서 혼자 서 있어봐야 아무 소용이 없다. 아내가 화장이며 머리 손질을 다 마쳐야 외출이 가능하다. 둘이 함께 나가야 하는 것이다. 누군가 너무 앞서나가거나, 신호나 사인도 없이 갑자기 혼자 움직이면 반칙이 되기 쉽다.

평소 다정한 애정 표현이나 신체 접촉으로 서로에 대한 신뢰가 쌓인 부부는 언제든지 자연스런 전희(前戱) 과정을 거쳐 부부의 성에 도달할 수 있다. 이들 부부는 서로 신호만 주고받으면, 함께 드리블하여 골을 향해 돌진할 몸 풀기와 훈련이 이미 되어있는 것이다.

이것을 위해서는 평소 서로의 진솔한 대화가 무엇보다 중요하다. 우리나라 남자들은 밖에 나가면 성에 대한 이야기꽃을 피우지만, 정작 아내와 성 문제에 대해 이야기 나누는 사람은 10명 중 한두 명뿐이라는 조사도 있다.

조루 증상은 남자가 의도한 것은 아니지만 일방적인 성

관계로 이어지기 쉽다. 자신은 사정을 마쳤으나 아내가 겪는 어려움은 상상 외로 큰 것이다. 서로 대화하고 이해심을 발휘하면 사정을 늦추는 여러 방법을 습득할 수 있다.

그러나 관계도 시작하기 전에 사정을 한다거나, 삽입 후 30초 미만에 사정이 이루어지는 중증 조루 증상은 클리닉을 통한 치료가 도움이 된다. 물론 양호한 치료 결과를 위해 아내의 협조가 절대적으로 중요하다.

대화도 없다가 갑자기 혼자서 일방적으로 앞서 나가면, 그 결과는 불 보듯 뻔하다. 좀 젊을 때는 자는 척하면서 피하고, 또 나이 들어서는 아픈 척하며 장기간 성 관계를 하지 않고 지내다가, 어느 날 갑자기 발기부전 치료제를 혼자 삼키고 덤벼들면 낭패 보기 십상이다.

준비 안 된 아내로부터 냉소적인 반응이 나오는 것은 당연한 일이다. 평소에 가벼운 애정 표현도 인색하던 남편이, 갑자기 성적으로 아내를 만족시켜주겠다는 것도 말이 안 된다. 따지고 보면 남자만을 위한 일방적 행위로 밖에 볼 수 없는 것이다. 건강한 부부의 성을 해치는 불공정 거래의 대표적 사례다. 골을 넣어보겠다고 혼자만 앞서 나가 있다가는 즉시 오프사이드다. 깃발 올라간다.

[승부차기는 없음]

남자는 삽입, 여자는 오르가슴, 승부를 내야만 직성이 풀린다. 남자들은 삽입에 집착한다. 이는 성교가 삽입이라는 남자들의 편협한 믿음 때문이기도 하지만, 그것을 통해 아내에게 극치감을 안겨주고자 하는 배려에서 비롯된 것이기도 하다. 물론 더 깊은 심리적 기저에는 여성이 느끼는 오르가슴을 통해 자신의 남성성을 확인함으로써 얻게 되는 자신감이나 우월감 등이 작동되기도 한다.

물론 완전한 삽입에 의한 성행위와 이에 따라 자연스런 극치감을 맛본다면 더할 나위 없이 좋겠지만, 모든 부부에게 가능한 것도 아니고 매번 그럴 필요도 없다. 부부의 성은 반드시 삽입과 오르가슴이라는 물리적 행위와 극치감이 있어야만 완성되는 것은 아니다. 암 또는 기타 질병으로 그러한 물리적 행위가 불가능할 수도 있다. 또 그런 경우라고 할지라도 부부의 성은 얼마든지 가능하다.

많은 사람들은 부부간 교류에는 정신적인 것과 육체적인 것이 있고, 성생활은 후자에 국한되는 것으로 생각한다. 그러나 부부 관계는 단순한 성기의 결합이 아니라 정신적인 것들을 포함한 부부 생활 전체를 말하는 것이다. 다정한 대화, 가벼운 입맞춤, 단순한 피부 접촉만으로도 서로의 사랑을 확인하게 되고 쾌감을 느낄 수 있는 것이 부부 사이다. 자는 척, 아픈 척하며 애정 표현도 않고 지내다가, 더 나이 들었다고 죽은 척하고 누워 있을 수만은 없다. 서로를 쓰다듬어주어야 한다.

오르가슴을 못 느낀다며 힘들어하는 여성도 있다. 여성의 극치감은 삽입으로만 이루어지는 게 아니다. 여러 자극과 전희는 여성에게 매우 중요하다. 여기가 바로 부부간의 솔직한 대화가 필요한 지점이다. 서로가 원하는 것을 자연스럽게 말하고 요청함으로써 극치감을 공유해보려는 노력을 할 때, 부부간의 육체적인 교류는 완성될 수 있는 것이다.

반드시 삽입해야 하고 또 반드시 극치감을 느껴야만 한다면, 부부의 성은 강박적인 것이 되기 쉽다. 서로의 사랑을 돈독하게 해주어야 할 성관계가 오히려 부부간의 갈등을 부추기는 원인이 되어 버릴 수도 있다. 이해심을 발휘해야 하고 서로 대화해야 한다. 보다 적극적이고 과학적인 접근을 원한다면, 부부가 함께 전문가와 상의해보는 것도 좋은 방법이다.

우리는 어떤 물건을 반드시 소유해야만 하는 것도 아니고, 소유한 물건이 100퍼센트 내 맘에 들어야만 사용 가능한 것도 아니다. 정든 물건이 좋다. 무조건 모든 거래에서 이익을 내야만 한다는 것은, 행복한 부부의 성을 위해선 공정한 거래 태도가 아니다. 반드시 승부를 내야만 하는 승부차기는 잔인하다. 한쪽은 좋다고 뛰어다니고 다른 한쪽은 잔디밭에 드러누워 엉엉 운다. 부부 관계에는 승부차기가 없다. 서로 잘했다고 등을 두드려줄 뿐이다.

두 교수와 나는 신문 인터뷰를 마치고 한강이 굽어보이는 무악산에 올랐다. 무악은 어머니 산으로도 불린다. 여성성이 가득한 그 산 중턱에는 거대한 남근석(男根石)이 놓여 있다. 우리 셋은 남근석 아래 옹기종기 모여 앉아 환하게 웃으면서 사진도 찍었다. 평생 성의학에 몸담았던 우리들이 남근을 상징하는 거대한 돌에 담아본 소망은 행복하고 건강한 부부의 성이었다.

여성의 산에 솟은 남근의 바위. 평화로운 자연의 거래다. 서로를 상처주지 않고 혼자서 덤비지도 않는다. 아무런 조건 없이 산과 돌은 서로를 품었다.

부부 관계는 손바닥치기다

요즘 병원을 찾는 환자 중에는 발기부전 치료제를 찾는 경우가 많다. 비아그라가 시판된 지도 벌써 20년이 되었다. 발매가 시작된 1999년 한 해, 비아그라는 언론에 수많은 보도가 이루어질 만큼 한국 사회로부터 집중적인 관심을 받았다. 20세기의 여러 발명품 중에서도 우리 인류의 생활에 직간접적으로 이만큼 많은 영향을 끼친 것은 드물 것 같다.

물론 아직도 약물의 오용이나 남용, 밀수품이나 모조품의 범람 등이 사회적으로나 의학적으로 심각한 문제가 되고 있다. 그렇지만 남모르게 고민하던 많은 환자들에게 희망과 용기를 주고, 가정의 평화와 화목에 공헌하였던 것도 사실이다.

그렇다면 한국 남성에게서 발기부전의 빈도는 얼마나 될까? 대략 40대 이상 절반 가량이 정도의 차이는 있지만 발기부전을 호소하는 것으로 여러 역학조사에 나타났다. 과거에는 대부분의 환자가 죽고 사는 문제가 아니니까 특별한 치료 없이 그냥 지냈다. 하지만 생활수준이 나아지고 삶의 질이 중요해진 지금은 그 수요로 인해 경구용 발기부전 치료제에 대한 전문학적인 시장이 형성되었다.

더구나 가장 중요한 발기부전의 위험 인자가 바로 연령이다. 기존의 어느 선진국보다 더 빠른 속도로 고령 사회로 진입하고 있는 우리나라에서는, 앞으로 더욱 발기부전 치료에 대한 관심이 높아질 것으로 예상된다.

부부 관계는 손바닥치기다. 혼자서 아무리 애쓴다고 되는 일이 아니다. 서로 부딪쳐야 소리가 나는 이치와 같은 것이다. 환자의 치료에는 아내의 역할이 매우 중요하다. 발기부전의 원인을 아내가 제공하는 예도 드물지 않게 있다.

남성들은 나이가 들어가면서 신체적으로 각종 성인병을 갖게 되고, 사회적으로 여러 가지 스트레스를 받는다. 또한 지나친 음주와 흡연 등으로 인해 발기부전이 처음 발생하기 시작할 때, 아내가 어떤 반응을 보이느냐에 따라 결과가 완전히 달라질 수가 있다.

"다른 집 남자들은 그렇지 않다던데 당신은 왜 그 정도밖에 못하느냐, 혹시 밖에서 이상한 짓이나 하고 다니지는 않느냐?"면서 면박 주고 의심하기 시작하면, 일시적으로 지나갈 정도의 부전이 영구적으로 지속되기도 하는 것이다. 반면 아내가 "당신 요즘 상태가 좋지 않아 그런 것 같으니 너무 실망하지 말고 다음에 기분 좋을 때 합시다" 하고 격려해주는 경우에는 발기부전이 일과성으로 지나갈 수도 있다.

실제 환자를 대하다 보면 이러한 기본적인 문제만 해결되면 구태여 약물을 복용하지 않아도 되는 경우를 많이 보게 된다. 결국 발기부전 환자의 문제 해결에는 아내의 역할이 매우 중요하다는 이야기다. 반야월 작사 고봉산 작곡의 「잘 했군 잘했어」를 하춘화가 부르면 깨가 쏟아지는 부부의 짝짜꿍 소리에 어깨춤이 덩실덩실 춰진다. 이런 아내가 있다면 발기부전은 쉽게 치료되고도 남을 것이다.

영감~

왜 불러~

뒤뜰에 뛰어 놀던 병아리 한 쌍을 보았소?

보았지~

어쨌소?

이 몸이 늙어서 몸보신 하려고 먹었지~

잘 했군 잘 했어. 잘 했군 잘 했군 잘 했어. 그러게 내 영감이라지~

부인의 역할에 앞서 더 큰 문제가 있다. 남자들이 아직도 잘못 인식하고 있는 부분이다. 단순히 약물을 복용하여 발기만 되면 모든 게 해결된다는 남자들의 단순한 인식 말이다. 섹스를 남자는 페니스로 하지만, 여자는 머리로 한다는 말이 있지 않은가? 남자에 비해서 여자는 사랑이나 애정이 필수적이고 분위기에 많이 좌우된다는 뜻일 것이다.

몇 달, 심지어는 몇 년 동안 전혀 부부 관계가 없다가 사전에 부인과의 감정 교류도 없이 혼자서만 살짝 약을 먹고 갑자기 성관계를 요구하다가 무안만 당하는 환자를 흔히 보게 된다. 분명한 것은 부부 관계는 혼자서 하는 것이 아닌 상대가 있는 게임이다. 관계에 앞서 평소에 아내를 이해하고 사랑하는 마음가짐을 갖는 것이 먼저다.

마누라~

왜 그래요?

외양간 메어 놓은 얼룩이 한 마리 보았나?

보았죠~

어쨌소?

친정 집 오라비 장가들 밑천 해주었지~

잘 했군 잘 했어. 잘 했군 잘 했군 잘 했어. 그러게 내 마누라지~

이와 같이 부부 관계는 남성과 여성이 서로에게 영향을 주고받는 게임이므로 커플 개념으로 치료를 하는 것이 매우 중요하다. 다행히 여성 성기능 장애에 대한 학계와 제약업계의 관심이 증가되었다. 또한 남성 성기능 장애가 사회적으로 인구에 회자되었듯이, 여성의 성에 대한 관심 또한 높아졌다. 부부가 함께 클리닉을 방문하여 상담도 받고 치료도 받게 되면 여성의 성생활이 향상되는 효과는 물론이고, 덩달아서 남성 성기능 장애의 치료에도 큰 도움을 주게 된다.

마누라~

왜 그래요?

지난 번 처방 받은 비아그라 두 알을 보았나?

보았죠~

어쨌소?

오늘밤 함께 먹으려고 베개 밑에 두었지~

잘 했군 잘 했어. 잘 했군 잘 했군 잘 했어. 그러게 내 마누라지~

야간 운동

모처럼 강남의 한식당에서 친구 두 명을 만났다. 한껏 이야기꽃을 피우다가 화제는 자연스럽게 침실로 옮겨갔다. 박길동은 젊었을 때부터 운동 마니아였다. 산이며 들이며 쏘다니길 좋아했다. 히말라야에도 서너 번 다녀왔다. 지금도 집 근처 헬스클럽을 꾸준히 다닌다. 특별한 일이 없으면 아침에 수영으로 몸을 푼 뒤 출근한단다. 가까운 거리면 걸어 다니고, 차를 두고 지하철로 출퇴근 하는 것을 은근히 즐긴단다.

주말이면 근처의 산을 가뿐하게 오르고, 근력 운동에도 관심이 많아 나이에 걸맞지 않게 근육질의 체격을 지녔다. 낮에 규칙적인 운동으로 항상 건강을 유지한다는 그는 일주일에 한두 번 부인과 관계를 갖는데, 관계 후에 나른한 기분이 참 좋다고 자랑스레 말했다.

얼굴에 기름이 줄줄 흐르고 피부까지 탱탱하다. 청바지에 옷깃을 치켜세운 하얀 골프복 상의를 입고, 그 위에 좁은 라펠의 네이비블루 재킷을 걸쳤다. 뒤에서 보면 젊은이와 다를 게 없었다.

내기에서 지는 법이 없는 그 골프 싱글의 자신만만한 이야기를 듣고는 속이 헛헛해진 탓인지 최부전은 한 입에 쑤셔 넣은 커다란 파전 조각을 대충 씹어 삼켰다. 그러면서 부인과 관계를 마지막으로 가진 게 언젠지 기억조차 나지 않는다고 말문을 열었다.

고등학교 때부터 골초였던 그는 나이 들면서 담배가 점점 더 는다면서, 저번에 건강 검진을 받아보니 이상한 데가 한두 군데가 아니었다고 한다. 혈압도 높고 콜레스테롤 수치도 높다고 들었지만 영 운동할 기분이 나질 않는다고 했다.

커다란 갈비찜 한 덩이를 질겅질겅 씹어 삼키더니 그는 자신의 불룩 튀어 나온 배를 손가락으로 꾹 누르면서, 구두끈 맬 때조차 숨이 찬데 어떻게 운동을 하겠냐고 투덜거렸다. 잠시 말을 멈춘 그가 담배 한 대 피고 오겠다면서 자리를 떴다.

구김살이 가득한 밤색 기지바지 단 아래로 까만 양말을 신었는데, 뒤축에 구멍이 두 개나 보였다. 염색한지도 얼마나 오래 되었는지 허연 머리칼이 무성하게 자라나 먼지를 뒤집어 쓴 듯했다. 바지 색깔과 심한 부조화를 일으키는 짙은 줄무늬 회색 재킷을 걸친 그의 뒷모습은 구부정하기도 하여 영락없는 노인이었다.

술이 오르자 즐거움은 더해갔다. 박길동이 또다시 화제를 침실로 끌어들였고 정치, 경제, 사회, 문화에 열변을 토하던 최부전은 다시 침묵하기 시작했다.

"저번에 피검사에 남성호르몬이 낮다고 하던데 근량도 늘려볼 겸 주사를 맞아볼까?"

"그만하면 충분하다. 대신, 운동량을 좀 줄여라. 그러다가 무릎 나간다."

이런 저런 잡자리 이야기가 오가는데 듣고만 있던 최부전의 손은 분주하게 안주와 술잔을 오갔다. 취기가 오른 그가 갑자기 이야기에 끼어들었다.

"너희들은 참 좋겠다. 난 아예 되질 않아!"

박길동이 주절거리던 말을 멈추고 한없는 연민의 눈길을 던졌다. 어떻게 된 일인지 물어보았다. 아내와 여러 차례 자식들 문제로 갈등을 겪었고, 그러면서 점차 잠자리도 소원해졌다고 했다. 그러다 보니 부부 사이도 서먹해졌고, 그 이후에 마음을 먹고 관계를 가져보려는데 발기가 되지 않아 무안만 당했단다. 이제는 아예 근처에도 가지 않는다고 한다.

나는 갑자기 얼마 전 진료실을 찾아왔던 40대 후반의 부부가 떠올랐다. 남편이 개인 사업을 하는데 매일 일이나 술자리 때문에 귀가가 늦었고, 만성적인 피로에 시달리고 있었다. 시간에 맞추어 물건을 조달하는 일이라 업무로 인한 스트레스도 심했다.

어쩌다 일찍 귀가하더라도 늦게까지 공부하는 자녀 때문에 분위기 잡기도 쉽지 않았다. 이러다 보니 남편은 성욕 자체가 급격히 감소하고, 또 부부 관계를 시도하려고 하여도 발기가 잘 이루어지지 않는다고 하였다. 반면 아내는 집안일과 아이로 인한 스트레스로 남편에게 정서적으로 기대고 싶어 했다. 또한 성적인 면에 대한 기대감도 조금씩 늘어가므로 남편으로서는 부담을 느끼고 있었다.

이 같은 문제로 부부가 함께 찾아오는 경우가 늘어난다. 검사해보면 대부분 당뇨나 고혈압, 고지혈증 등 신체적인 문제는 없다. 40대 이후 나이가 들면서 느끼는 생리적, 정서적 변화와 주변 환경의 영향에 기인한 경우가 많다. 특히 주말부부처럼 부부가 떨어져 있는 경우에는 장기간 잠자리를 같이 하지 않음으로 인해 실제로 관계를 갖는 것 자체가 부자연스럽게 느껴질 수도 있다. 일시적이고 가역성의 발기부전인데, 널리 처방되는 약물로 몇 차례 성공적인 관계가 가능해지면 대개 문제가 해결된다.

나는 어색한 분위기도 살리고 두 친구의 발기 상태를 점검해볼 요량으로 새벽이나 아침에 자연적으로 발기가 일어나는 조조(早朝)발기 상태가 어떤지 물어보았다. 젓가락 한 개를 들고 먼저 박길동을 가리켰다. 박길동은 당연하다고 하면서 간혹 그 때문에 새벽에 부인과 관계를 갖기도 한다고 했다.

최부전은 잠시 생각을 해보더니 조조발기는 있는 것 같다고 했다. 나는 '그럼 그렇지' 하면서 젓가락으로 다 먹고 빈 냉면 그릇을 내리쳤다. 소리가 컸던지 옆 자리에 앉은 젊은이들이 흘깃 쳐다보아서 순간 모두 약간 주눅이 들었다. 하지만 나는 목소리를 조금 낮춘 뒤 이야기를 이어갔다.

최부전에게 자동차의 모든 기계는 아직 정상적으로 작동하는데 시동을 걸 열쇠를 잃어버린 것이라는 취지의 설명을 해주었다. 관심이 온통 정치 문제에 쏠려 있던 최부전도 귀가 솔깃해진다는 듯한 표정을 지었다. 나는 다음과 같은 내용을 붓에 먹을 찍듯 젓가락에 물을 찍어 접시 위에 그림까지 그려가면서 진지하게 설명했다.

"우리 몸의 음경에서 발기에 관여하는 해면체 조직은 스펀지처럼 되어 있어. 상황에 따라서 많은 양의 피를 저장할 수도 있고, 또 마른 상태로 머물러 있을 수도 있지. 성적으로 흥분을 하게 되면 음경에서 산화질소라는 물질이 분비되거든. 그것이 바로 스펀지 근육을 확장시키고, 혈액이 차들어와 충만하게 되면 그게 발기 상태인 거지. 이 산화질소의 생산에는 산소가 필수 재료야!"

'공짜 진료가 시작되었으니 오늘 밥값은 낼 필요가 없지. 아마 음식을 모조리 다 먹고 진료까지 본 최부전이 내는 게 맞을 거야'라고 생각하면서 흥미진진하게 내 이야기에 귀 기울이는 두 친구에게 음경의 처절한 야간 운동에 관해 설명해주었다.

"정상 남자라면 통상적으로 연령에 관계없이 잠자는 동안 대개 자율적 현상으로 음경 발기가 일어나지. 이런 야간 음경 발기는 하루 밤 몇 차례나 나타나는데, 한번에 20분에서 30분까지도 지속돼. 발기가 안 된 평상시의 음경 혈액

내 산소 압력은 정맥 혈액의 산소압 정도로 매우 낮다니까.

그러니 노상 이러한 상태가 지속되면 음경 해면체 스펀지 근육이 점차 신축성을 잃어버려서 발기에 지장이 생기는 거야. 하지만 조물주는 사려 깊게도 우리가 야간에 수면을 취하는 동안에 여러 차례 음경으로 동맥혈을 넣어 주어 음경을 살려놓는 거지. 그래서 불행도 막고 인류도 멸망하지 않게 되는 거야."

박길동이 진지한 표정으로 고개를 끄떡였다.

"조물주의 이렇게 심오한 뜻을 인간이 감사하게 받아들여야 하지 않겠어? 내가 애타게 살려놓으니 가끔이라도 한번씩 세워서 사용하라는 게 조물주의 뜻인 것이지. 생명체의 어떤 기관이라도 자주 쓰거나 계속해서 사용하면 점점 강해지고 크기도 커지지. 이에 반해 오랫동안 사용하지 않고 그대로 두면 차차 그 기관이 약해지고 기능도 쇠퇴할 뿐만 아니라 크기마저 작아져. 그러니 용불용설이 음경에도 예외 없이 적용된다고 할 수 있지!"

우리가 밥상에 머리를 조아리고 야간 발기와 용불용설에 대해 심오한 대화를 나누던 그 식당에는 젊은 남자들, 그리고 중년과 노년의 남자들이 삼삼오오 밥상을 둘러싸고 앉아 무언가 그들만의 진지한 대화를 나누고 있었다. 그렇지만 그게 과연 무엇에 관한 것이었는지는 아무도 알 수 없다.

그날 밥값은 최부전이 냈다. 그는 며칠 후 클리닉을 방문하여 경구용 발기부전 치료제를 처방받았다. 내가 지시한 대로 적절한 분위기 형성과 적극적인 음경 자극으로 만족할 만한 발기 상태를 획득한 뒤, 과거의 잘못을 일거에 용서받기에도 충분할 만한 성공적인 관계를 가질 수 있었다. 그것은 말 그대로 진정한 의미의 야간 운동이었다. 그리고 다음 번 모임에 제법 말쑥한 모습으로 등장한 그는 박길동이 이야기를 꺼내기도 전에 잠자리에 대한 말들을 쏟아내고 있었다.

정 부장의 갱년기 노트

임원 진급까지 기대하고 있는 정 부장은 늘 업무 노트를 들고 다닌다. 노트북이 일상화된 지금도 그는 직접 필기하는 것을 즐긴다. 오래된 습관이기도 하거니와 순간 떠오르는 아이디어를 재빨리 기록해두지 않으면 놓칠 수 있기 때문이다. 또한 스쳐 지나갈 만한 소소한 참고 사항들도 꼼꼼히 기록해두어야 빈틈없이 대처할 수 있으니까.

성공의 제일 조건으로 그가 늘 자랑하는 습관이다. 정 부장에게 메모만을 위해서는 핸드폰이나 노트북은 번거롭다. 해마다 한두 권씩 정리해둔 업무 노트는 그에게는 보물단지, 지난 삶 그 자체다. 그렇다고 꼭 업무만을 위한 것은 아니다.

이번 해외 출장을 마치면 휴가를 내서 애들 데리고 어디 좀 다녀와야지 생각하며 다시 노트를 꺼낸다. 유럽행 비행기 비즈니스클래스에서 와인을 한 모금 홀짝 마시고 문득 떠오르는 생각들을 끄적거리며 써내려갔다. 평소 그답지 않은 묘한 내용이었는데 다음과 같다.

왠지 성욕이 나질 않고 발기가 잘 안되네. 쉽게 피로하고 무기력해. 어제 4층까지 걸어 올라갔는데 허벅지 힘이 달리고 숨이 차. 아무튼 뭔가 재미가 없어. 짜증은 늘고 의욕은 안나. 깜빡깜빡 건망증에 잠도 잘 안 오네. 왠지 슬퍼, 모든 게. 뮌헨 가는 비행기에서.

정 부장은 저 노트에 근거하면 확실한 남성 갱년기다. 진단 설문지를 검사해보면 100점 만점으로 남성 갱년기 설문테스트에 수석 합격이다. 그럼에도 그는 출장 목적을 충실히 달성했고, 회사에 이익을 줄 몇 가지 탁월한 아이디어까지 얻어 돌아왔다. 늦은 일요일, 여장을 풀고 있는데 아내가 거들며 한 마디 건넨다.

"당신 뱃살 좀 봐. 구두 끈 맬 때 숨차다면서. 그거 그냥 그렇게 둘 거예요?"

듣는 순간 정 부장은 손바닥을 배에 가져다가 배꼽 주변을 움켜쥐었다. '이런 이 덩어리가 언제 또 이렇게 불어났지?' 하며 한숨을 내쉬었다. 요사이 부쩍 여러모로 몸이 좋지 않다면서 비행기에서 쓴 메모를 아내에게 보여주었다. 찬찬히 읽어본 아내가 요모조모 지적하며 다음과 같이 답했다.

"쯧쯧. 할 겨를이 있어야 잘 되는지 마는지 알지. 스포츠센터 끊어놓고 돈만 날리고 있으니 기운 없고 숨찬 건 당연하지 않아요? 누군 운동 중독도 있다던데 가끔 치는 골프도 일처럼 하니 재미가 있을 턱이 없지. 당신 별명이 원래 '왕 짜증'이면서 뭘. 다 메모하니 기억할 게 없잖아. 밤에 잠잔다는 사람이 귀에 이어폰 꽂고 세상 소식 다 들으면 누가 잠이 오겠어요? 쯧쯧…."

평소와 달리 아내의 말이 잔소리로 들리지 않았고 오히려 위로가 되었다. 그 이야기는 무슨 병이 아니라 잘못된 생활 습관이 문제라는 뜻이었으니. '그래, 바쁘다는 핑계로 너무 관리 소홀이야' 하고 생각하면서 옷장을 열어 트레이닝복을 꺼내 손이 쉽게 가는 곳에 둔 뒤 잠자리에 들었다. 이어폰을 손에 들었다가 '에이'하며 던져버렸다. 그 날은 여독 탓인지 곤히 잠에 빠져들었다.

한두 달, 삶의 중심을 스포츠센터와 회사에 번갈아두면서 냉온탕을 드나들던 정 부장은 아무래도 몸이 이상하다는 기분을 떨쳐버릴 수 없었다. 다름 아닌 조조발기 때문이었다. 아침마다 불끈 커지던 것이 언제부터인가 그 횟수가 현저히 줄어들었다.

인터넷을 검색하다가 남성 갱년기 진단 설문지를 접한 그는 순간 충격에 빠져들었다. 자신의 증상과 너무도 비슷했기 때문이다. 믿을만한 병원의 홈페이지에 게시된 글이었다. 그는 정독했다.

> 남성호르몬 생산은 중년에 접어들면서 해마다 감소한다. 그 결과로 여성의 폐경기 증상에 해당하는 남성 갱년기 증상이 나타날 수가 있다. 하지만 남성호르몬의 저하는 여성에서와 같이 급격한 변화를 나타내지 않고, 나타나는 시기도 여성보다 늦다. 또한 모든 남성에서 다 나타나는 것은 아니다. 일반적으로 남성호르몬의 감소로 인한 남성 갱년기 증상으로는 성욕과 발기력 감소다. 특히 수면 중의 발기와 조조발기가 나빠진다.

"나구나, 바로 나야 나!" 놀란 마음으로 서둘러 읽어 내려갔다.

심리적으로는 정서가 불안해지고 우울증이 흔히 나타난다. 환자 본인이 가장 쉽게 느낄 수 있는 증상은 기억력의 급격한 감소이다. 신체적인 변화로는 상체, 특히 아랫배의 지방질이 증가하고 근육의 양과 강도가 떨어지고 체력이 떨어진다. 또한 빈혈도 생기고 그 결과로 쉽게 피곤해지고, 체모가 적어지고 피부의 탄력도 떨어진다. 그 외 여성에서와 마찬가지로 골다공증이 생길 수 있어 노인에서는 고관절 골절 등도 나타날 수 있다. 이러한 변화는 부족한 남성호르몬을 보충함으로써 예방은 물론이고 치료도 가능하여 삶의 질을 향상시킬 수 있다.

그는 즉시 해당 병원의 진료를 인터넷으로 예약했다. 게시글 중간에 나온 '환자'라는 말이 거슬렸다. 딱 내 증상인데 환자라니! 무슨 큰 병에 걸린 것처럼 불안하기도 했다. "그런데 호르몬이 줄어드는 것은 나이 들면 당연한 법, 갱년기라니, 내가 벌써 맛이 간 건가?" 그는 찝찝한 마음을 달래려 평소 좋아하던 음악을 틀었다.

어쨌거나 혈액검사로 남성호르몬 수치를 재어보기로 결심했다. 그날 이후 병원에 가기까지 정 부장의 머릿속은 호르몬이란 글자로 꽉 채워졌다. 우울한 마음을 타고 전해오는 블루스 음악 탓인지 이름 모를 온갖 종류의 슬픔까지 득실거렸다.

비뇨의학과의 남성 클리닉은 깔끔했다. 남자 화장실만큼이나 확실한 남자만의 성소. 남성 갱년기 설문지, 발기능 설문지, 전립선과 배뇨 관련 설문지, 무슨 설문지가 이리 많은지 눈이 핑핑 돌아갔다.

진료실에서 간단한 신체검사를 마친 뒤 소변검사와 혈액검사를 했다. 의사는 전립선검사나 소변보는 데는 문제가 없다고 했다. 하지만 발기능 설문지를 보면서 고개를 갸웃거리더니 갱년기 설문지를 보면서는 미간을 찡그렸다. 그러면서 코로 흘러내린 돋보기안경 너머로 나를 쏘아 보았다.

문제는 혈액검사였다. 당뇨병과 고지혈증이 의심되니 추가로 혈액검사가 필요했고, 남성호르몬 수치는 정상 범위의 하한선을 밑돌았다. 정 부장은 남성 갱년기, 그리고 식이요법과 생활습관 개선이 필요한 초기의 대사증후군으로 진단되었다.

의사는 남성호르몬 주사 치료와 저용량의 경구용 발기부전 치료제를 처방했다. 주사제는 3개월짜리는 필요 없다면서 효과가 2주 지속되는 주사제를 맞은 뒤, 며칠 내에 성욕 증가를 보이면 적극적으로 성관계에 임하도록 주문했다. 발기부전 치료제를 관계하기 한 시간 전에 복용하는 것도 좋다고 했다.

일단 성관계를 성공적으로 마치고 나면 자신감이 회복되어 성기능도 개선되고, 성적 활동이 증가하면 남성호르몬 생산도 개선된다고 했다. 정 부장은 귀가 솔깃했다. "할 겨를이 있어야 잘 되는지 마는지 알지" 하던 아내의 말이 떠올랐다.

뒤이어 의사는 건강하고 규칙적인 식단, 정기적 유산소 및 근력 운동, 충분한 수면, 스트레스 피하기와 같은 전반적인 생활습관 개선을 위한 조언을 해주었다. 모두 아내의 예리한 지적들과 일치했다. 정 부장은 진료실에서 나온 뒤 대기실 빈자리에 다시 앉아 의사가 해준 말들을 메모하였고, 남성호르몬 치료에 대한 팸플릿을 받아 꼼꼼히 읽어 보았다.

남성호르몬 투여가 간 기능, 조혈 기능, 전립선 등에 영향을 미치기 때문에 전문의의 관리 감독을 받아야 한다….

이틀 뒤 얼굴이 벌겋게 된 정 부장은 몹시 흥분된 상태였다. 약까지 한 알 삼켰으니 통제할 수 없는 욕구가 저 아래에서 머리끝까지 요동쳤다. 아련한 사춘기 때의 몽상이 되살아났고, 오래된 주변 사물의 형체가 처음 대하는 물건처럼 신기하게 보였다. 살아있다는 생생한 느낌과 아련한 행복감이 몰려왔다.

이것이 주사 때문인지, 운동을 마치고 샤워를 막 마친 효과인지는 구분하기 어려웠다. 화장실 문이 열리고 샤워를 끝낸 아내가 안방으로 들어가 화장대 앞에 앉았다. 정 부장은 본능적으로 자리에서 일어나 방을 향했다. 아내의 손을 덥석 잡아 끌었다. 벌건 남편의 얼굴을 올려다보면서 아내가 물었다.

"아니, 당신 갑자기 왜 이래?"

계획성 만점인 정 부장의 업무 노트는 그 뒤 점차 건강 노트로 변해가고 있었다. 몇 달이 흐른 어느 날, 펼쳐진 그의 노트 속에 다음과 같은 메모가 적혀 있었다. 가장 마지막의 무슨 비밀스런 약속에는 별표까지 표시되어 있었다.

다음 주 남성호르몬제 중단, 전립선 검진, 복근 강화에 중점, 덤벨 증량, 스핀 바이크 시작, 수요일 밤*

로봇이 된 김 사장

김 사장은 그때 67세였다. 당뇨병으로 인한 발기부전과 전립선비대 탓에 클리닉을 다닌 지도 벌써 5년을 넘겼다. 경구용 발기부전 치료제를 복용하면 어느 정도 성관계가 가능하였다. 주사 치료제가 좀 더 확실한 효과를 보였다.

그렇지만 그는 스스로 음경에 주사를 놓아야 한다는 것이 무섭고 번거로울 뿐만 아니라, 평소에 인위적인 것보다는 자연스러운 상태를 더 좋아한다면서 그냥 약만 처방 받길 원했다. 전립선 문제가 겹쳐 소변보기도 불편한 상태였는데도 늘 밝은 표정을 잃지 않았다.

말초신경에 영향을 주는 당뇨병은 발기부전의 원인이 되지만 방광 기능에도 영향을 미친다. 또한 당뇨 환자가 전립선비대로 약을 복용하면 당뇨병이 없는 사람보다 효과가 덜한 경우가 많다. 그래도 그는 발기부전과 배뇨 관련 약들을 꾸준히 처방받아 복용해왔다.

언젠가 그는 그런대로 유지되어 있는 성기능을 자기 건강의 바로미터로 여긴다고 말한 적이 있었다. 혈관과 신경 질환이 복합적으로 나타나는 발기부전의 원인을 잘 알고 있었던 그는 발기 능력의 정도를 통해 자신의 건강을 확인하고 있었고, 또한 운동도 더 열심히 하고 당뇨도 잘 조절해가는 계기로 삼는 모양이었다. 일전에 같이 방문했을 때 한번 보았던 아내는 건강 유지를 위한 음식 조절은 물론이고 성관계를 할 때에도 적극적으로 잘 도와주는 편이라고 했다. 김 사장은 병원을 다니면서도 행복해 보이는 사람이었다.

전립선암검사를 한지 오래되어 혈액검사, 소변검사와 같은 간단한 검사를 해보기로 했다. 문제가 없다는 것을 확인하는 절차였는데, 이 검사를 통해 그에게 새로운 위기가 찾아왔음이 밝혀지고 말았다.

PSA라고 불리는 전립선 특이항원 검사 결과가 갑자기 예전보다 2배 넘는 7.9로 측정되었다. 소변검사는 깨끗했다. 이전에 했던 초음파검사도 문제가 없었고, 항문에 손가락을 넣어 전립선을 만져 봐도 특별한 것은 없었다. 문제는 수치가 빠른 속도로 올랐다는 점이었다. 소변검사가 정상이니 염증 때문에 일시적으로 오른 것도 아니었다.

대개 염증 없이 PSA 수치가 3.0, 노인에게서는 4.0을 넘기면 조직검사를 시행한다. 또한 수치가 1년 동안에 1.0 가까이 빨리 상승하는 경우에도 암이 발견될 확률이 높아진다. 김 사장의 경우 조직검사를 받는다면 암이 발견될 가능성이 10명 중 2명 정도로, 무시할 수 없는 확률이다.

그는 고민했다. 조직검사는 항문으로 삽입한 초음파 기구를 통해 가느다란 바늘을 삽입하여 시행한다. 전립선의 12군데를 찔러 가느다란 조직들을 얻어내게 된다. 병리과에서 이를 현미경으로 검사하여 암 여부를 확진한다. 그는 다음에 한 번 더 혈액검사를 해보길 원했다.

사실 전립선암은 발견되더라도 반드시 치료를 요하는 것은 아니다. 암세포가 순한 것으로 판단되면 특별한 치료 없이 혈액검사만 해가면서 지켜보는 경우도 있다. 암이라고 무턱대고 수술하는 것은 아니다. 그리고 수술을 꼭 해야 하는 경우라도 로봇 수술과 같이 비교적 안전한 방법이 있고 완치율도 다른 암에 비하면 매우 높은 편이다.

3개월 후 피검사 수치는 8.2였다. 그는 수치가 상승한 것에 대해 무척 실망했고, 검사를 받겠다고 했다. 전립선 12군데 조직검사 중 3군데에서 암이 발견되었다. 암세포의 악성 정도를 평가하는 조직검사의 글리손 점수는 7이었다. 김 사장은 전립선암 환자가 되고 말았다.

당장 암으로 큰일 나는 것은 아니다. 길게는 몇 년까지도 문제가 없겠지만, 세월이 흐르면서 수술만으로 완치가 어려워질 수 있고 암이 뼈로 전이 될 수도 있다. 김 사장은 나이가 70세 미만으로 비교적 젊었기에 수술을 적극적으로 고려해야 하는 경우였다. 그러나 전립선암 수술 후에는 합병증으로 발기부전과 요실금이 생길 수 있다. 그는 이미 당뇨로 인해 발기 능력에 문제가 있었으므로 수술 후 악화될 가능성이 많았다.

설명을 다 들은 환자는 아내와 함께 고민할 시간이 필요하다고 했다. 추가적인 검사로 전립선 MRI와 뼈주사 검사를 예약해주었다. 암이 전이되어 퍼지지 않고 전립선 안에만 있는지를 확인하는 검사다. 참으로 환자 입장에서는 난감한 상황이 아닐 수 없다. 병원을 다니면서 열심히 건강관리에 임했고 정기적인 검진도 게을리 하지 않았는데, 갑자기 암으로 판정 받으면 무척 당황스럽고 두려울 것이 틀림없다.

다시 방문한 그의 영상검사들은 모두 정상이었다. 그는 아내가 암이라는 말에 무척 충격 받은 모양이라고 하면서 아무래도 수술을 받아 나중에 생길 화근을 없애는 게 낫겠다고 했다.

발기에 문제가 생길 수 있는데 괜찮겠냐고 묻자, 그는 실망한 표정을 지으면서도 암 치료가 우선이지 않겠냐고 반문했다. 만일 수술 후에 발기부전이 오면 발기부전 치료제를 복용하면서 동시에 주사제를 투여해보는 방법과, 그것마저 되지 않으면 음경 보형물 삽입 수술도 해볼 수 있다고 설명해주었다.

그는 고개를 설레설레 내저으면서 먼저 암부터 완치 받고 싶다고 했다. 로봇 수술을 하는 교수에게 예약을 잡아주었다. 그의 심정은 복잡했을 것이다. 삶의 질이냐 생명이냐 하는 고민이다. 그가 그런대로 남아 있는 발기력과 부인과의 성관계를 무척 소중하게 여겨왔다는 사실을 잘 아는 나 역시 마음이 무겁기는 마찬가지였다.

그의 로봇 수술은 성공적이었다. 병실에서 회진을 돌 때 한두 번 환자와 마주쳤는데, 회복이 무척 빨라 보였다. 퇴원 후에 요실금도 일찍 사라졌고 소변보기는 오히려 전보다 나아졌다. 수술로 제거한 전립선의 최종 조직검사에서 암 상태는 완치 가능성이 높아보였다. 조직검사로 예측되었던 것보다는 더 나쁜 상태였으므로 수술 받길 잘한 경우였다.

그러나 해당 교수가 적극적인 신경보존 수술을 시행했음에도 불구하고 발기력은 수술 전보다 현저히 나빠졌다. 경구용 발기부전 치료제를 복용한 상태에서 발기 유발제를 주사하면서 시청각 자극을 해보았다. 발기는 되었지만 강도가 약했다. 그는 여전히 스스로 주사하는 것은 꺼렸다. 그래도 저용량의 경구용 발기부전 치료제를 복용하여 지속적으로 음경에 자극을 주도록 했다. 음경의 위축을 막기 위해서다.

그는 간간히 약한 발기를 경험했지만 관계를 위해 삽입할 수 있는 정도는 아니었다. 아내는 전립선암에 좋다는 것은 물론이고 성기능 회복을 위해서도 남편을 적극적으로 도왔다. 수술하고 1년 반이 넘었을 때, 암 재발 가능성은 매우 낮았다. 자신의 음경에 주사도 제대로 못 찌르던 그가 어느 날 문득 음경 보형물 삽입 수술을 받고 싶다는 말을 했다. 그는 아내에게 미안한 마음을 갖고 있었다. 아내의 정성에도 불구하고 발기력이 회복되지 않았기 때문이었다.

발기부전의 치료를 위해 음경에 삽입하는 음경 보형물은

3개의 부분으로 되어 있다. 음경의 기둥을 이루는 음경 해면체에 삽입하는 실린더, 한쪽 아랫배에 심어주는 저장고, 그리고 음낭에 삽입하는 조절 펌프다. 이 3개를 가느다란 튜브로 연결해준다. 따라서 음낭의 펌프를 엄지와 검지를 이용해서 눌러 짜면 저장고에 담긴 물이 튜브를 통해 음경 실린더로 전달되면서 발기가 일어나게 된다.

조절 펌프의 다른 면을 짜주면 다시 실린더의 물이 저장고로 돌아가기 때문에 음경이 정상 상태로 돌아온다. 음경 해면체에 실린더를 삽입한다는 것은 원래의 조직이 파괴된다는 의미이다. 그러므로 음경 보형물 삽입 수술은 어떠한 치료로도 발기력을 얻을 수 없는 경우에 시행하는 최후의 수술적 방법이다.

영화 「바이센테니얼 맨(Bicentennial Man)」을 보면 배우 로빈 윌리엄스가 열연한 안드로이드 로봇 '앤드류'가 인간이 되어가는 과정을 보여준다. 인공지능의 지속적 업데이트와 생체공학적인 부분 이식 수술을 통해 앤드류는 점차 인간과의 구별이 어려워진다. 그는 신의 영역이라고 할 불멸을 얻을 수 있었다. 그렇지만 인간과의 사랑을 완성하기 위해 불멸 대신 유한성을 택함으로써 진정한 휴먼이 되고자 한다.

지금도 피부나 각막은 물론이고 신장이나 간, 췌장의 이식 수술을 통해 인간의 생체는 유지되고 생명은 연장된다. 인공관절은 인간의 운동성을 보존해준다. 조직 공학에 대한 연구가 활발히 진행되면서 미래에는 이식 가능한 인공장기가 개발될 것이다.

인공장기는 인공지능의 도움을 받아 인간은 결국 불멸의 영역에 도전할지도 모른다. 안드로이드 로봇 '앤드류'는 인간과 로봇을 구별하는 최후적 특성으로 유한성을 지목하였다. 아마도 인간이 불멸을 획득할 때 진정한 의미의 인간이라는 종족은 그 종말을 고하게 될지도 모른다.

다빈치 로봇을 이용한 첨단 수술로 암을 극복하고 새로운 생명을 얻은 김 사장은 또 한 번의 수술을 거쳐 불멸의 음경을 얻고자 했고, 그 꿈은 이루어졌다. 그는 수술에서 회복한 뒤 처음으로 아내와의 관계를 성공적으로 수행했다. 진료가 끝나갈 무렵 누군가가 급히 환한 표정을 지으며 진료실로 뛰어 들었다. 그는 다름 아닌, 인간 '포샤'와의 완전한 사랑을 위해 인간의 유한성을 선택했던 '앤드류'와 달리 아내와의 행복한 성생활을 위해 기꺼이 불멸의 음경을 선택한, 로봇이 된 김 사장이었다.

진정한 **효자**는 따로 있다

시대에 따라 효자의 모습도 다르다. 조선시대에는 부모의 관을 살아 계실 때 미리 준비해두는 것이 효자의 도리라 여겼다. 목재가 귀한 시대였으니 급하게 장례가 닥쳤을 때 좋은 관을 얻기가 어려웠기 때문이었다. 상조회사가 난립하고 관까지 상품화된 요즘, 부모 관을 미리 마련해두면 효자는커녕 흉사를 불러들이는 재수 없는 자식이라고 욕 얻어먹기 십상이다.

'엄친아, 엄친딸'이란 말이 있다. 엄마 친구 아들은 이렇다더라, 엄마 친구 딸은 저렇다더라 하면서 잘 나가는 자기 또래의 소식을 엄마 입을 통해 듣게 되는 평범한 대부분의 자식들이 받는 스트레스는 이만 저만이 아니다. 공부도 잘

하고, 명문 대학에 진학하고, 청년 취업난에도 좋은 직장에 입사했다는 엄마 친구의 아들, 딸들만이 효자효녀이고 자신은 불효자가 된 듯하다. 이 시대 젊은이들에게 효자 되기는 대학 입학이나 입사 시험만큼이나 어렵다.

한 가지 위로해본다면, 조선시대에는 효자 되기가 지금보다 훨씬 더 어려웠다는 점이다. 전국 도처에 효자문들이 수두룩하다. 이들을 통해 효를 중시했던 유교사회에서 과연 효자의 모습이 어떤 것이었는지 알 수 있다. 이 시대의 아들딸들이 효자문이 세워진 연유를 접한다면, 아마도 엽기적이라고까지 생각할지도 모른다.

의원이 아버지의 종창 치료는 침술로 되지 않고 상처를 빨아내야 한다고 하자 몇 년 동안이나 종기를 빨아내었다는 효자가 있다. 그런가 하면 위중한 아버지의 병 상태를 알아보려고 '변'을 맛보면서 적절한 탕제를 끓여드리고, 마지막에는 자신의 손가락을 잘라 그 피를 먹여드림으로써 며칠 더 사시게 하였다는 효자도 있다.

부모가 세상을 뜬 뒤에도 효자의 예의는 계속되었다. 십 리 길이 넘는 부모 묘소를 하루도 거르지 않고 성묘하였다는 효자문의 사연까지 듣고 나면, 효자의 첫째 조건은 체력이 아닌가 싶기도 하다.

조선 중기의 문신이자 문장가였던 이희보 선생은 상을 당하였을 때 제사를 모시고 상례에 최선을 다하는 것이 도리이지만, 살아생전 예를 갖추고 효성을 다하는 것에 비기지는 못한다고 일침을 가하였다. 이는 참으로 지금 들어도 공감이 가는 말이 아닐 수 없다.

분명 과거의 효자와 지금의 효자는 다른 법이다. 엄친아 엄친딸이 누군들 무슨 상관이겠는가? 부모의 이야기를 귀 기울여 듣고, 다 나 잘되라고 하는 말씀이려니 여기면서 좋은 뜻으로 받아들인다면 누구든지 효자효녀가 될 수 있다. 떨어져 사는 부모에게 전화하여 안부를 묻고 이야기를 자주 나누는 것도 효행이다. 더 성숙하게 나아가서 세심하게 부모의 고민을 들어주고 이를 해결해줄 수 있다면 현대를 사는 최고의 효자효녀가 될 수 있다.

일전에 40대 남자가 70세 초반의 아버지를 모시고 클리닉을 찾아왔다. 아버지가 발기부전 때문에 어머니와의 부부 관계가 잘 이루어지지 않는다는 것이다. 돈도 많아 보이지 않았고 사회적인 지위도 있어 보이지 않았다. 하지만 그 아들은 이 세상에서 누구보다도 진정한 효자라는 생각이 들었고, 심지어 그 부자의 모습이 아름다워 보이기까지 하였다.

부모의 성생활에 대해 알고 있는 자식이 이 세상에 몇 명이나 되겠는가? 아마도 서로 이런 문제를 이야기한다는 것 자체가 터부일 것이다. 아버지를 클리닉으로 모시고 온 아들은 평소 부모와 늘 허심탄회한 대화를 나누었고, 친구처럼 편안했고, 쉽게 도움을 청할 만큼 든든한 보호자였음이 틀림없다.

우리나라도 이미 고령화 사회로 진입하였고, 기존의 어느 선진국보다도 더 빠른 속도로 진행되고 있다. 노인문제는 사회의 핵심 이슈다. 저(低)출산과 고령화는 이제 우리사회의 발등에 떨어진 불이다. 병원에서 직접적으로 느낄 수 있는 것은 고령 환자가 현저하게 증가하고 있다는 점이다. 암 수술의 환경도 변하고 있다. 과거 고령에는 시행하지 않던 어려운 수술적 치료들도 증가 추세에 있다.

WHO에서 정의한 노인의 나이 기준, 65세는 이제 옛말이 되었다. 60대는 바야흐로 노년이 아닌 중년으로 유쾌하게 강등되었다. 70대는 건강한 80대 앞에서 재롱을 떨어야 할 판이다. 그만큼 건강하고 자신의 삶에 충실한 고령층이 많아졌다는 뜻이다.

늙으면 으레 병치레를 하고 질 낮은 삶을 유지하다가 생을 마감한다는 것은 옛말이다. 고령화 사회를 대처할 때 중증 질환과 의료비, 양로 및 복지시설과 호스피스 치료와 같은 직접적인 양로 대책과 함께, 그들의 삶의 질을 섬세하게 고려하는 실질적인 자세 변화가 필요하다.

그 한 예로 노인의 성문제도 중요한 부문을 차지한다. 남자는 여자와 달리 나이가 들어도 어느 정도 남성호르몬 분비가 계속된다. 따라서 고령에 이르면서 성에 대한 관심이나 욕구가 감소하는 것은 당연하지만, 그렇다고 완전히 없어지는 것은 아니다. 생각하기에 따라서는 젊을 때보다 더 절실할 수도 있다. 다만 사회적인 통념상 주책이라는 소리를 들을까 애써 외면하거나 포기하고 지낼 뿐이다.

통계에 의하면 70대 남성에서 70퍼센트 정도가 어떤 형태든지 성생활을 하는 것으로 나타난다. 물론 정상적인 삽입이 가능한 경우도 있지만, 그렇지 않더라도 포옹이나 애무 혹은 자위행위까지 포함한 경우를 말한다. 삽입이 성행위의 전부가 아니므로 발기가 잘 안된다고 해서 성생활과 담을 쌓을 필요는 없다. 꼭 삽입이 아니더라도 어떤 형태든지 규칙적인 부부간의 성행위는 전혀 안하는 것보다는 신체적, 정신적, 사회적 건강뿐 아니라 부부 관계에도 크게 도움이 된다.

설사 꼭 삽입에 집착한다 하더라도 최신 의학의 도움으

로 이전과는 달리 노인도 안전하고 효과적으로 발기를 할 수 있는 방법이 얼마든지 있다. 그러므로 용기를 내어 전문가와 상의를 해보아야 한다. 1998년 처음 시판된 비아그라를 필두로, 여러 경구용 약들이 일차적인 발기부전 치료제로서 폭넓게 처방되고 있다.

많은 노인들은 "이 나이에 성생활을 안 해도 그만이다"라고 하지만, 오히려 노인이기에 더 중요하다고 생각할 수도 있다. 상징적인 의미가 있기 때문이다. 남자로서의 능력이나 생체적인 기능이 끝났다는 느낌과 그로 인한 상실감이 노인을 더 괴롭힐 수 있다.

이는 예나 지금이나 마찬가지다. 대표적인 강장제인 인삼은 조선뿐 아니라 일본과 중국에서도 매우 인기였다. 소문난 대갓집들도 인삼 구하는 경쟁에 뛰어들 정도였다고 한다. 특히 일본에서는 인삼이 강장 작용에 더해 만병통치약으로까지 널리 알려졌고, 치솟는 가격에도 불구하고 구하기가 하늘의 별 따기 수준이었다. 일본인들은 비싼 은으로 그 값을 치렀는데, 영조 시대에 인삼 가격은 무려 은의 54배나 되었다.

2001년 발기부전에 대한 인삼의 효과를 입증하기 위해 직접 연구를 시행했다. 대조군과 비교한 임상연구였는데, 고려홍삼 성분을 투여한 환자군에서 발기능이 개선되는 점을 과학적으로 입증할 수 있었다. 이러한 결과는 논문으로 작성되어 미국 비뇨의학회 대표 학술지 『Journal of Urology』에 게재되었다. 아마도 옛 조선인들과 일본인들도 알게 모르게 이러한 효과를 보았을 것이다.

클리닉을 방문한 아들과 아버지에게 경구용 발기부전 치료제를 처방해주었다. 아들은 고령층에서의 삶의 질이라는 거창한 논점을 떠나 아버지의 행복한 삶에 대해 구체적으로 관심을 보이고 있었다. 늘 부모의 아쉬운 점들에 귀 기울였고, 또 실제적으로 도움을 줄 수 있기를 바랐다.

현대를 사는 노년에게 효자는 돈과 건강이라고들 한다. 아무도 이를 자신 있게 부인할 수 없을 것이다. 그러나 그게 전부가 아니다. 세대를 가로지르면서 서로에게 관심을 갖고 대화를 이어나가면 그게 행복이다. 삶을 즐기고 행복하게 사는 방법은 보물찾기처럼 곳곳에 숨겨져 있다. 비아그라 한 알에 담긴 아들과 아버지의 남다른 부자애와 사연, 진정한 효자는 따로 있다. 그 아들은 이 시대 최고의 효자임에 틀림없다.

갈치
가운데 토막

얼마 전 충청도에서 왔다는 점잖은 70대 남자 환자를 만났다. 비뇨의학과는 처음이라면서, 몇 년 전부터 한번 진료를 받아볼까 하는 마음을 먹고 있었다고 한다. 그러다가 이번에 서울 사는 자녀들이 시켜주는 건강 검진을 위해 병원을 찾아올 기회가 생겨 진료 예약을 했다고 한다. 환자가 호소하는 증상은 복합적이었는데, 남성의학 클리닉에서 다루는 모든 문제를 한꺼번에 다 보여주는 종합 세트와도 같았다.

걸쭉한 그의 충청도 사투리만 들어보면 문제가 배뇨 증상 때문인지, 발기부전이 주된 불만 사항인지, 아니면 남성 갱년기 자체로 빚어지는 문제인지 헷갈릴 만큼 두서가 없었다. 그렇지만 모든 걸 종합해보면 환자가 자신의 불편한 증상들을 비교적 정확히 토로하고 있음을 알 수 있었다. 그가 호소하는 증상들을 그의 표현대로 적어보면 대충 이런 것들이었다.

"요새 오줌이 잘 나오덜 아녀유. 몇 년 전만 혀두 엄청 션했구먼유. 밤에 아랫도리에 힘이 읎서 깝깝혀유. 기운도 읎서 가지고 할 맴조차 나덜 아녀유. 울 아주매도 가찹질 않고 영 예전만 못하구먼유."

그 외에도 많은 증상을 호소하였으나 여기에 정확히 옮기는 것은 불가능하다. 그의 사투리는 TV드라마에서나 들어봄직한 정통 충청도 사투리였기 때문이다. 차근차근 그의 문제 목록을 정리해보니 불편 사항은 전립선비대로 인한 배뇨 증상, 뚜렷한 발기부전, 그리고 남성호르몬 감소에 따른 증상들이었다.

또한 그는 자신의 변화와 발기부전에 따른 아내의 홀대를 서러워하고 있었다. 아내를 즐겁게 할 자기만의 특별한 비책이 있는 게 아니라면, 밤마다 화장실에 몇 번씩 들락거려 잠을 설치게 만들고, 삼시세끼 밥상을 차려줘야 하는데다가, 조금만 모른척하면 쉽게 토라지고 대책 없이 큰소리나 치는 늙은 남편, 그런 남편을 여전히 사랑스러워할 부인네는 많지 않을 것이다.

그런데 그가 호소하는 발기부전은 약간 의외였다. 그가 나이보다 젊어 보이고 건강해보였다고 하더라도, 70세를 넘겼다는 아내의 나이만을 보면 성관계가 그리 큰 문제가 될 것으로 생각하긴 어려웠다. 그러나 그의 말을 해석하자면 '발기가 잘 되지 않아 남자 구실을 제대로 못해서인지 아내가 예전처럼 대접해주지 않는 것 같다'는 스스로의 문제를 정확히 지적하고 있었다.

'남성 건강'의 영어 표현은 맨즈헬스(Men's health)로 비뇨의학의 한 분야다. 전립선비대, 전립선암, 전립선염 등의 전립선 질환, 발기부전과 사정 질환 등과 같은 성기능 장애, 그리고 고환에서 분비되는 남성호르몬의 결핍으로 초래되는 남성갱년기 증상을 포괄하는 개념이다. 주로 노화와 관련된 질환들이다.

전체 인구 중 65세 이상의 노인이 차지하는 비율이 2026년이면 21%를 상회하여 초고령 사회에 진입할 것으로 예측된다. 이는 세계적으로 가장 빠른 증가 속도다. 따라서 삶의 질 차원에서 남성 건강 문제에 대한 관심이 높아지고 있는 것은 당연한 일이라 하겠다.

전립선 질환 중 가장 흔한 것은 전립선비대다. 전립선이 커지면 요도를 막기 때문에 소변줄기가 약해지고 소변 보는 시간이 길어진다. 또한 방광이 자극되어 소변을 자주 보게 되고, 갑작스레 소변이 마려운 절박뇨(切迫尿)도 나타난다. 이렇게 되면 삶의 질이 저하될 뿐만 아니라 신장 기능이나 방광에도 나쁜 영향을 줄 수 있으므로 근처 비뇨의학과를 찾아가는 것이 좋다.

요속(尿速)검사로 소변 줄기의 속도를 측정하고 전립선 크기도 잰다. 암검사도 해야 한다. 그 외 간단한 검사로 전립선비대는 쉽게 진단된다. 대부분의 환자는 알파차단제 등의 약물 치료를 시행하면 증상이 현저히 개선된다.

발기부전은 연령에 따라서 그 빈도가 증가하며 60대는 환자의 60%, 70대는 70% 정도다. 진단과 치료에 있어 가장 중요한 것은 의사와 환자의 관계다. 개인적 문제인 부부관계에 관해 허물없이 터 놓고 이야기해야 하기 때문이다. 진단은 국제 표준 설문지를 이용하는데, 간결한 15개 항목으로 되어 있다.

발기능, 성교의 절정감, 성욕, 성교 후 만족감, 전반적 만족도를 다각적으로 평가할 수 있으며 신뢰도가 높다. 이상적인 발기부전 치료제는 치료 효과가 높고 최소한의 부작용을 가지며, 사용이 간편해야 한다.

가장 흔히 사용되는 것은 경구용 제제이다. 국내에서는

비아그라, 자이데나, 레비트라, 시알리스, 구구, 팔팔, 센돔, 엠빅스, 제피드 등 그야말로 여러 가지 PDE 5 (phosphodiesterase type 5) 억제제가 판매되고 있다. 약물은 복용 후 혈중 최대 농도에 도달하는데 30분에서 2시간 정도가 소요되므로 성 관계 시작 전 30분에서 1시간 전에 복용하는 것이 권장된다.

남성갱년기 증상은 남성호르몬의 감소 때문이다. 피로감, 우울증 등의 기분 변화와 함께 성욕이 줄어들고 발기능이 약해진다. 그 외에도 내장지방이 증가하고 근육양이 줄어든다. 골밀도 감소로 뼈까지 약해진다. 남성호르몬 보충요법은 매우 효과적인 치료 결과를 나타낸다.

보충 요법을 시행하기 전에는 전립선암은 없는지 꼭 확인해야 하고, 적혈구 용적률을 측정하는 것이 필요하다. 경구제, 주사제, 피부에 바르는 젤, 그리고 피부나 음낭에 붙이는 패치 등으로 남성호르몬을 보충할 수 있다.

환자의 검사 결과를 보니 예상대로 남성호르몬 수치가 매우 낮았다. 전립선은 많이 커져 있지는 않았고 전립선암도 문제없었다. 힘겹게 작성한 설문지를 보니 환자가 심각한 남성갱년기와 발기부전, 거기에 배뇨 증상까지 호소하고 있음을 알 수 있었다. 저용량 경구용 발기부전 치료제를 규칙적으로 복용하는 경우 성기능 향상과 함께 배뇨 증상도 개선될 수 있다.

거꾸로 배뇨 증상이 개선되면 2차적인 성기능 개선 효과도 노려볼 수 있다. 남성호르몬을 투여하면 갱년기 증상이 호전되지만 배뇨 증상은 다소 나빠질 수도 있다. 또한 전립선암검사를 정기적으로 해야 된다. 잘 치료하여 배뇨 증상과 발기부전, 갱년기 증상까지 세 마리 토끼를 한꺼번에 잡아야만 했다.

무엇보다도 환자가 심각한 성욕 감퇴와 발기부전을 보였고 혈액의 남성호르몬 수치가 낮게 측정되었으므로, 남성호르몬 주사 치료를 시행하기로 했다. 주사와 함께 복용할 발기부전 치료제와 배뇨 관련 약제를 처방하였다. 환자는 거리가 멀어 석 달 후에나 올 수 있다면서 효력이 오래가는 주사제와 긴 처방을 원했다. 효과가 있으면 꼭 먼 데까지 오지 말고 근처 병원에서 치료를 받으면 된다는 설명과 함께 소견서를 작성해주었다.

진료실을 떠나는 환자의 축 처진 어깨와 구부정한 등판 위로 한 남성의 삶이 아로새겨져 있었다. 고환 두 개와 음경, 그리고 방광 아래 밤톨만한 전립선을 가진 남자. 아기 때는 “이 놈 고추 좀 봐라, 불알도 참 실하구먼” 하며 동네

어른들의 손때나 탔을 사내아이.

어릴 때 논두렁에서 누구의 오줌 줄기가 가장 센지 친구들과 줄지어 요속 경쟁도 해보았고, 젊어서는 제일 잘난 남성인양 호기도 부려보았을 터인데…. 저 물컹해진 고환 두 개도 한때는 탱탱하여 그 속에서 영근 정자로 자식들을 보았을 것이고, 왕성한 남성호르몬의 분비로 한 지게쯤은 가뿐하게 짊어졌을 어깨근육이었다.

처방전을 빼어 들고 다시 길을 나서는 한 노쇠한 남성을 위한 나의 모놀로그는 전쟁터를 향하는 병사들을 위한 행진곡처럼 울려 퍼지고 있었다.

'연이어 포탄을 쏘아 올렸을 대포 같은 그의 젊은 남성도 이젠 녹슬고 축 처져 포연이 쓸고 간 습한 언덕 아래 쓸쓸히 묻혀 버려졌지만, 평생을 함께 살아온 아내를 위하여 이제 녹을 닦아내고 노병은 다시 전투에 나서려 한다. 고단위 테스토스테론 주사는 온몸으로 퍼져 옛 고환의 추억을 되살려내고 포신을 기름지게 할 것이다. 한 알의 발기부전 치료제는 화약처럼 장전되고, 대포는 다시 일어나 포효하듯 포성을 울릴 것이다. 아직 전투는 끝나지 않았다고….'

석 달이 지나 환자가 다시 진료실을 찾아왔다. 환한 표정과 활기찬 모습의 그를 찬찬히 살피니 처음 만났을 때에 비해 무척 건강해진 모습이었고, 한결 젊어보였다. 배뇨 증상은 어떠했는지, 성관계는 해보았는지, 근력이나 기억력과 같은 부분에서 활기를 느꼈는지, 그리고 무엇보다도 부인이 잘 대해주는지 상세히 물었다. 그런데 그저 고개만 끄떡이며 잠자코 듣고만 있던 그가 대뜸 한 말을 처음에는 무슨 뜻인지 전혀 이해하지 못했다.

"갈치 가운데 토막이 올라 오데유!"

"…?"

무슨 이야기인지 얼른 알아차리지 못한 내 표정을 본 환자가 처음보다도 더 걸쭉한 사투리로 그간에 있었던 일들을 상세히 들려주었다. 정확히 이해가 안 된 내용도 있었지만, 그가 털어놓은 말을 요약하면 대충 이런 것이었다.

'소변도 시원해졌고 야간에 화장실 가는 횟수도 줄었다. 예전만은 못해도 기운이 나고 성욕도 회복되었다. 발기도 생각보다 잘 되어서 아내와 여러 차례 성관계를 가졌다. 그 때문인지 몰라도 아내가 예전처럼 자신을 잘 대해 주는데, 아주 좋아하지만 한동안 구경조차 못했던 갈치의 두툼한 가운데 토막이 밥상에 자주 올라온다.'

나는 갑자기 저녁 때 갈치 가운데 토막이 먹고 싶다는 기분이 들었다.

따끔한
사랑의 묘약

비아그라 출시 이후 레비트라와 시알리스와 같은 여러 종류의 경구 복용 발기부전 치료제가 발표되었다. 이들의 특허 만료 후에 복제품도 여럿 출시되었고, 국내 제약회사에서 자체적으로 개발한 약제도 있다. 시장이 큰 만큼 경쟁도 치열하다.

발기부전 치료제만큼 약 이름이 판매에 영향을 주는 약제도 없을 것이다. 마찬가지로 환자가 특정 약 이름을 대면서 처방해달라고 하는 약제도 발기부전 치료제가 유일할 것이다. 그래서 한번 들으면 결코 잊어버릴 수 없는 재미난 말로 약 이름을 짓는다.

잘 되나? 혹은 자, 이제 되나라는 뜻의 동아제약 '자이데나'에서부터 야, 일어나라는 명령조의 종근당 '야일라'와, 성질이 거세고 생기가 넘친다는 뜻의 한미약품 '팔팔'까지 선정적이기도 하고 짓궂은 이름의 약들이 처방되고 있다.

모두 작용기전은 비슷하다. 남성의 음경은 단단한 풍선이다. 속에는 스펀지가 가득 차 있다. 스펀지에 피가 차오르면 풍선처럼 부풀어 올라 발기가 일어난다. 레오나르도 다빈치가 혈액이 차오르는 것이라고 발견하기 전까지는 공기가 차오르는 것으로 믿었다고 한다.

스펀지 사이사이에 수많은 혈관들이 존재한다. 약들은 혈관 벽을 이루고 있는 미세한 근육을 이완시킨다. 혈관이 이완되면 당연히 혈액이 스펀지에 유입되어 발기가 일어난다. 원래 비아그라는 심장의 관상동맥이 좁아져 생기는 협심증의 치료제로 개발되었다. 임상시험을 하던 중 부작용의 하나로 발기가 일어난다는 사실이 밝혀져 나중에 발기부전 치료제로 간판을 다시 내건 것이다. 비아그라는 폐동맥 고혈압에 치료제로 쓰이고, 고산병을 예방하는 효과도 있다.

대개의 발기부전은 경구약을 성관계 30분에서 1시간 전에 복용하는 것으로 해결된다. 약을 복용한 뒤 먼 산만 바라보고 있다든지, 멍하니 마술처럼 음경에 변화가 올 때까지 기다리기만 한다면 전혀 발기가 일어나지 않는다. 실제로 적지 않은 환자가 약물을 처방 받고 한두 달 후 재방문하였을 때 효과가 없었다고 한다.

약 복용 후 한 시간만 기다리면 저절로 발기가 되는 줄 착각한 탓이다. 경구 발기부전 치료제는 나무가 잘 타기 위한 기름 역할만 한다. 나무에 기름을 끼얹고 활활 태우기 위해선 불씨가 필요하다. 부부간에 분위기를 잡고 서로 접촉하여 스스로 약간의 발기라도 일어나야 불씨가 되는 것이다.

경구 복용이란 가장 용이한 약제의 운반 수단이다. 흔적을 남기지 않고 간편하기 때문이다. 지금은 항암제도 경구약으로 개발되고 있다. 그러나 효과적인 경구약이 없을 때 신속한 약제 투여 방법은 역시 주사다. 주사는 병원의 침습성에 대한 상징이다. 까만 병원 간이침대에 엉덩이를 내밀고 엉거주춤 기다리면, 하얀 옷 입은 간호사가 은쟁반에 뭔가를 담아 들어온다. 그 위에 놓인 커다란 유리 주사기는 어린 시절 공포의 대명사다.

발기부전 치료제에도 주사제가 있다. 주사기는 초미니 사이즈인데, 엉덩이를 알코올 솜으로 닦아서는 안 된다. 음경에 직접 발기 유발 약제를 주사해야 하기 때문이다. 적절한 위치에 주사해야 효과를 발휘한다. 엉뚱한 곳에 주입하면 효과는 고사하고 출혈로 피멍이 드는 낭패를 볼 수도 있다. 주사제를 처방할 때 주사 방법과 주의 사항을 철저히 교육해야 한다.

가장 예민한 부위와 가장 예리한 기구의 만남이어서 공포심은 가중된다. 그런데 효과는 신속하고 강력하다. 주사하고 가만히 있으면 저절로 채 5분도 안 되어 강직 발기가 일어나 1시간 넘게 지속된다. 처방되는 1회용 주사제는 안주머니에 쏙 들어갈 정도여서 휴대도 간편하다. 주사하고 피가 나면 잘 눌러주어야 한다. 항응고제나 아스피린을 복용하고 있다면 10분 정도 충분히 눌러 지혈해주어야 한다. 지금은 휴대가 간편한 1회용 제품이 처방되고 있다.

당뇨병 치료를 위해서 환자에 의한 인슐린 자가(自家) 주사가 널리 이용된다. 혈우병에 대한 자가 주사는 생명을 유지한다. 아토피나 천식 등 알레르기 환자의 아나필락시스(anaphylaxis)에 대한 자가 주사 치료는 응급 상황에 대한 대처다. 발기부전에 대한 자가 주사 치료는 삶의 질을 위한 따끔한 사랑의 묘약이다.

오늘날 발기부전 치료는 경구제로 시작한다. 먹은 약만으로 충분한 발기가 일어나지 않는다면 다음 치료 방법은 발기 유발 주사제를 자가 주사하는 것이다. 이것도 불충분하다면 이 두 가지 치료를 병행하기도 한다. 이상의 방법으로도 불가능한 경우 최후의 수단으로 음경 보형물 삽입 수술을 시행하게 된다.

1998년 비아그라가 출시되기 전까지는 수술 전에 해볼 수 있는 유일한 치료가 주사제였다. 서울아산병원에 조교수로 부임한 뒤 미국 보스턴 의대로 연수를 떠났던 게 1991년 여름이었다. 성의학 기초연구에 참여하였는데, 당시 지도교수는 어윈 골드스틴 박사였다.

그는 세 가지 발기유발 물질을 혼합한 트리믹스(trimix) 발기 유발 주사제를 치료제로 이용하고 있었다. 트리믹스는 알프로스타딜, 펜톨라민, 염산파파베린의 3가지 약물을 적절히 섞은 것이다. 이들은 음경 해면체를 이완시키고 혈관을 확장시키는 작용을 한다. 강력하게 발기를 일으키는 주사 약제는 그 당시 무척 신기하고 매력적인 것이었다.

각기 약제의 용량과 조제 및 보관 방법을 메모해두었다가 귀국 후 남성의학 클리닉에서 치료제로 사용했다. 고려말 사신으로 원나라에 갔던 문익점은 붓뚜껑 속에 목화씨 10개를 갖고 돌아와 전국에 목화밭을 퍼트리고, 무명옷 시대를 열어 백성들이 겨울을 따뜻하게 나도록 해주었다. 미국에서 귀국한 뒤 국내에 비아그라가 출시되기 전까지의 7년 정도는 발기 유발 주사제의 시대였다고 해도 틀림이 없을 만큼 많은 발기부전 환자들이 트리믹스의 혜택을 보았다.

골드스틴 교수는 저명한 성의학자다. 퀘벡 출신인 그는 맥길 대학을 졸업했다. 미국 매사추세츠 보스턴 의대의 비뇨의학과 교수로 재직하던 시절 성의학 연구소장을 역임했다. 독립적인 성의학 분과를 추진하다가 재단과 갈등을 빚은 뒤 2005년 5월 오랜 세월 몸담았던 대학을 떠났다.

이 소식을 듣고 적지 않게 놀랐지만, 성의학에 대한 그의 외고집을 보면 예상되었던 일이기도 했다. 남성 발기부전과 여성 성기능 장애의 근원적 치료를 위해 보다 독립적인 환경에서 다학제 개념의 성의학 연구에 몰두하길 원했으나, 현실적인 벽에 부딪히고 만 것이었다.

그는 단순히 약이나 주사제를 처방하는 것을 떠나 미세혈관 수술이나 성교통(性交痛)의 수술적 치료, 여성 성기능 장애의 치료 등 성의학 전반에 보다 학문적인 접근을 도모하였다. 보스턴을 떠난 뒤 다행히 캘리포니아 샌디에이고에서 샌디에이고 섹슈얼 메디신을 설립하였고, 지금은 그토록 원했던 자신만의 성의학 세계를 열어가고 있다. 남성과 여성의 동시 치료 개념을 포함하여 여성 성기능 장애에 대해 평생토록 헌신한 그는 국제여성성건강학회를 만든 인물이기도 하다.

남성과 여성은 서로의 성기능에 영향을 주므로 남녀 간의 성기능 장애를 각각 분리하여 생각하기보다, 커플 개념으로 접근하는 것이 원칙이란 게 성의학자라면 누구나 가져야하는 기본 철학이다. 손바닥을 마주쳐야 소리가 나듯이 원만한 부부관계는 어느 한쪽의 일방적인 노력으로 이루어지지 않는다. 이런 예는 많다.

40대 초반이던 한 여성은 전희 과정에서 그런대로 분비물이 나오고 남편의 음경이 질 내로 삽입이 되는 데는 문제가 없었다. 하지만 관계 도중에 웬일인지 저절로 질이 건조해지면서 통증이 생기고, 오르가슴에 도달하기가 어렵다고 하였다. 그러다 보니 매번 관계할 때 마다 '또 그러면 어떡하나?' 하는 불안감을 표출하게 되고, 남편까지 쾌감이 감소하여 중간에 발기가 소실되는 현상을 자주 경험했다는 것이다.

음핵과 음순 그리고 질에 혈액 순환을 증가시키면 자극에 예민하게 반응하여 윤활액의 분비가 좋아진다. 이런 목적으로 혈관 확장제를 처방하였다. 한 달 후에 다시 클리닉을 찾아온 여인은 무척 행복해보였다. 약 복용 후 질 분비물이 증가했고, 통증이 소실되었을 뿐만 아니라 감각이 예민해지면서 오르가슴도 느낄 수 있었다는 것이다.

아내가 성관계에 적극적으로 임하면서 남편의 성적 만족도와 발기력도 함께 좋아졌다고 했다. 이러한 변화를 경험한 뒤 남편도 아내의 치료를 더욱 권장하였고, 이제는 일주일에 2~3회의 만족스런 부부 관계를 하게 되었다면서 고마워했다.

물론 여성 성기능은 남성과는 차이가 있다. 남성에 비해서 훨씬 복잡하고 연관된 심리적, 사회적 문제가 더 크다. 하지만 약물 치료로 남성처럼 효과를 볼 수 있으므로 남편과 같이 성클리닉에서 당당하게 치료를 받을 필요가 있다.

어윈 골드스틴 교수는 여러 차례 한국을 방문하여 강연을 펼치기도 했다. 2001년 대한남성과학회 초청으로 방한했을 때 수많은 청중이 그의 강의를 경청했다. 최신 연구결과도 흥미로웠지만, 그의 강의 전반에는 세 가지 중요한 것들이 오묘하게 뒤섞여 있었기에 무척 인상적이었다.

그것은 성의학에 대한 남다른 애정, 근본적으로 환자를 돕고자 하는 열정, 그리고 남성의 문제만을 다루지 않고 여성의 성기능 장애를 학문적 화두로 던짐으로써 성관계의 완성은 남녀가 화합할 때 이루어진다는 단순한 진리였다. 이 세 가지는 트리믹스의 확실한 효과처럼 따끔한 사랑의 묘약이 되어 강당을 메운 성의학자들의 마음속에 바늘처럼 꽂혀왔다.

성기능 장애 환자를 진료할 때 부부 동시 치료를 유도하거나 남성 환자에게는 아내의 입장, 또 여성 환자를 진료할 때는 남편의 입장에서 조언해주는 치료적 시야를 가질 수 있었던 것에는 그의 영향이 컸음을 자랑스럽게 말할 수 있다.

인류 보존 클리닉

코펜하겐의 한 호숫가, 젊은 엄마들이 환한 표정으로 유모차를 밀고 간다. 맑은 공기와 파란 하늘, 호수 위로 새들이 평화롭기만 하다. 북유럽의 높은 경제 수준과 어울리지 않게 우울증 환자가 꽤나 많다고들 하던데 비싼 물가 때문일까, 아니면 햇살이 모자란 탓일까? 어디든지 사람 살기는 팍팍한 게 사실인가 보다.

그럼에도 불구하고 추운 겨울에 자전거를 타고 다니는 많은 사람들과 유모차를 밀고 다니는 젊은 엄마들의 모습은, 이 완전히 편편한 섬마을 어디에서나 흔히 볼 수 있는 풍경이다. 면적이 한반도 5분의 1 크기밖에 되지 않고 인구도 600만 명에 불과한 덴마크는 안데르센의 동화 같은 나라다. 이런 풍경 속에서 덴마크 사람들은 서로 사랑을 속삭이고 종족이 유지될 것이다.

절반 이상이 산으로 덮여 어딜 가나 사람으로 북적거리는 허리 잘린 반도의 나라. 대로를 꽉 메운 차들. 뿌연 하늘 아래로 답답한 공기 속을 걸어가다 보면 나라에서 친절하게 미세먼지 주의하라는 문자를 보내준다. 유모차를 밀고 나가긴커녕 달리기나 자전거 타기마저 부담스럽다.

대학생들은 미팅 대신 도서관을 향하고, 젊은 사람들은 연애도 잘 하지 않는다. 결혼 연령은 점점 높아져서 초혼 연령이 남자는 35세, 여자는 32세라 한다. 결혼을 해도 아이를 잘 낳지 않는다. 한국 평균 출산율이 여성 1인당 1.05명으로 평균 1.6명인 유럽연합의 모든 나라가 한국보다 높은 출산율을 보인다.

평균 출산 연령도 32.4세로 유럽 여성의 29세에 비해 높다. 가속화되는 노령화는 세계적으로 그 사례를 찾아보기 힘들 정도다. 청년 실업과 출산율 문제는 이미 주요한 사회 문제가 되었다. 그렇지만 적극적인 해결책의 실마리는 잘 보이지 않는다.

언젠가 한 환자의 정액검사를 위해 검사실에 성인 영상물을 틀어주었다. 그런데 검사를 마친 그의 말이 흥미로웠다. 검사실에 있는 비디오 영상이 아주 고전적인 포르노라서 자극이 되지 않아 정액을 받기가 어려웠다는 것이다. 눈치를 보니 아마도 자기 스마트폰을 보면서 겨우 검사를 마친 모양이었다.

세상은 자극들로 넘쳐난다. 성은 인터넷에 해방된 지 오래고, 이제 손바닥 위에 놓였다. 초등학생까지도 성인 영상물을 쉽게 접한다고 한다. 성은 더 이상 비밀도 아니고 금기도 아니다. 인류를 보존해나가는 고귀한 행위로부터 강등 당해 인간의 오락거리 중 하나가 되고 만 것이다.

스마트폰 속의 성은 자극일 뿐 타고난 인간의 성은 아니다. 사랑은 삶의 물감으로 범벅이 되는 그런 것이다. 인간이 인간에게서 느끼는 감정의 붓으로 그려가는 원근 화법, 양감과 질감이 두드러지는 터치, 때론 섬세하고 한편으론 거친 붓선.

젊은 사람들이 결혼하지 않고, 또 결혼하더라도 부부 생활을 통해 자녀를 출산하지 않는 사회는 정상적인 사회가 아니다. 거리의 모퉁이마다 성인용품점이 자리를 잡고 있다. 이들의 긍정적인 측면을 무시할 수는 없다. 외로운 독신자나 노인들에게 위로가 되어줄 수 있기 때문이다. 많은 논란이 있지만 성인용품이 성범죄를 예방할 수 있다는 가

설도 제시되고 있다.

그러나 왜곡된 성은 인간의 성을 더욱 추락시켜 인간성 상실을 부추길 수도 있다. 특히 아무 문제없는 젊은이들이 인터넷의 성인 동영상이나 성인 방송, 성인용품에 집착하게 되면 결혼이라는 고귀한 인간관계 자체를 성적 욕망의 합법적 해결 수단으로만 여기게 된다. 그래서 더 이상 결혼해야 할 필요성을 느끼지 못하는 지경에 이르게 될지도 모를 일이다.

100년 후엔 대부분의 인간이 로봇과 성생활을 누릴 것이라는 예측도 있다. 지금도 이런 일은 이루어진다. 성인용품점에는 각양각색의 아이디어가 넘치는 자극적인 물품과 기구들이 전시되어 있고, 아무런 거리낌 없이 젊은이들이 진열대를 구경한다. 인간의 성은 이윤 높은 상업적 상품일 뿐만 아니라, 포르노 산업은 오래 전부터 거대한 돈과 연관되어 왔다.

각종 자동화된 기구나 인간의 신체를 모방한 구체적인 물품까지 등장하고 있으니 성과 관련된 예술과 문학은 이젠 순진하단 생각까지 든다. 영화와 영상 기법의 발전이 다양한 포르노 산업으로 이어졌듯이, 가상 현실의 붐 또한 가상 섹스의 세계로 이어질 것이다. 인공지능과 생체 공학이라는 첨단 과학 기술의 발전도 인간의 욕망에 부합하는 섹스 로봇의 개발로 이어지고 있다.

과학은 원자폭탄의 개발을 통해 인류 멸망이라는 공포심을 불어넣더니, 조만간 인간들의 아름다운 성을 가상적인 자극적 행위로 추락시키고야 말 태세다. 함부르크의 엘베강가 란둥스브리켄 항구에 배를 정박하고, 오랜 항해의 배고픔과 피로를 아스트라 맥주 한잔과 햄버거로 때운 뒤 골목길을 터벅터벅 걸어갔을 옛 항해사들. 질퍽한 맨땅의 골목을 이리저리 돌아 도착한 은밀한 리퍼반 거리에서 몸 파는 아가씨를 덥석 안고 침대 위로 쓰러졌을 그들의 거친 몸짓 또한 전설로만 남게 될 것이다.

클리닉을 방문하여 고민하듯 자신의 문제를 털어놓는 환자들을 통해 지극히 정상적이고 순수한 인간들의 모습을 본다. 성클리닉이 비밀스런 공간이던 때는 오래 전이다. 환자들은 강릉으로 회귀하여 남대천을 거슬러 오르는 연어들처럼 본능적으로 꿈틀대며 인간의 성을 지키고자 한다. 갈매기 밥이 될지라도 태어난 바닷가로 돌아가 수많은 알을 낳고 모래로 덮어주려 애쓰는 바다거북이고자 한다.

인간의 모습은 간직되어야 한다. 두 남녀가 아름답게 합치된 평범한 성관계의 한 장면은 “이게 인간의 참모습이었어!" 하며 먼 미래의 박물관에 전시될지도 모른다. 그리고 그 옆에 「왜곡된 인간의 성이 인간의 멸종을 가져오고 말았다」는 친절한 안내문까지 덧붙여져 있을지도 모를 일이다.

오늘도 클리닉 문을 열고 들어오는 환자들은 인간의 성을 보존해나가려는 전사들이다. 클리닉 간판을 바꿔 달아야겠다. 「인류 보존 클리닉」이라고….

3

부러진 남성

고대 그리스인들은
음경에 공기가 들어가면서 발기가 되는 것으로 믿었다.
마치 고압 풍선처럼 생각했던 것이다.
공기는 신성한 것으로 받아들여졌기 때문이다.
1504년에 이르러서야 발기는 공기가 아니라
음경에 가득 차오른 혈액 때문이라는 사실이 밝혀졌다.
이를 발견한 사람은 다름 아닌
레오나르도 다빈치였다.

남성의 크기

40대 초반의 아버지가 고등학교 1학년에 진학할 예정인 15세 아들을 앞세우고 클리닉을 노크했다. 아버지는 평소 본인의 성기가 왜소해서 항상 콤플렉스를 가지고 살아왔는데, 하나 밖에 없는 아들 또한 본인의 피를 받아 역시 음경 발육이 잘 안 된다며 대단히 걱정스런 표정을 지었다. 그러면서 부자가 동시에 음경 확대 수술을 받고 싶다고 말했다.

부자의 동시 음경 확대 수술이라니, 희귀한 그 상황을 접한 나와 두 부자 사이에 잠시 침묵이 흘렀다. 나로서는 약간의 당혹감, 아버지로부터의 비장함, 그리고 사춘기 소년의 공포감까지 뒤섞여 진료실에는 묘한 긴장감마저 일었다.

이번 방문이 아들로부터 시작되었을 것이라고 짐짓 추

측했다. 사춘기 소년들은 자신의 음경 크기를 곧잘 친구들과 비교한다. 남들보다 크기가 작으면 놀림을 받는 경우가 생기게 되고, 자긍심이 잘 형성되지 못한 약한 심성의 아이들은 상처를 받을 수도 있기 때문이다. 그런데 말을 나누다 보니 아들은 아무렇지도 않은데 아들의 음경 크기에 지나치게 관심을 두고 지켜보아온 아버지의 권유가 클리닉을 찾게 된 직접적 계기라는 것을 알게 되었다.

아들은 아버지가 걱정스러워하니까 덩달아 어리둥절한 표정이었다. 먼저 아들을 진찰해보았다. 목소리는 이미 변성기에 접어들었다. 바지를 내리게 한 뒤 자세히 살피니 양쪽 고환의 크기는 믿음직스러울 만큼 정상적으로 발육되어 있었다. 음경의 크기가 정상임은 물론 묵직하게 잘도 생겼다. 완벽한 정상 상태였다.

혹시 자신의 것이 비정상적으로 작지나 않은지 근심하면서 약간의 상처도 받았을 법한 아이에게 모든 게 정상이라고 말해주었다. 그 순간 아이의 공포심은 삽시간에 사라졌다. 오히려 그럼 그렇지 하는 당당한 모습으로 바지를 올려입더니, 소리가 날 정도로 세게 지퍼를 채웠다. 아이의 공포심이 당당함으로 변할 때 아버지의 비장함은 당혹감으로 바뀌었고, 떨떠름한 표정을 짓던 그는 내 진단을 못 믿겠다는 눈치였다.

다음으로 아들을 밖으로 나가게 한 후 아버지를 진찰해 보았다. 아들은 근심스럽다는 표정을 지으며 당황해하는 아버지를 힐끗 한번 쳐다보더니 아무 말 없이 나가버렸다. 지퍼를 내리는 아버지의 손이 약간 떨렸고, 바지는 힘없이 스르르 흘러내렸다. 확실하게 비정상적으로 음경이 왜소했다. 본인의 희망에 따라 음경 확대 수술을 시행하기로 했다.

남자의 크기는 과연 무엇일까? 돈, 권력, 그리고 명예. 역사를 통해 이 세 가지는 남자의 탈을 쓰고 살아가는 모든 자의 로망이었다. 남자의 크기는 이들을 눈금자로 하여 측정되는지도 모른다. 살아가는데 중요한 것들은 이 세 가지 말고도 많다. 그럼에도 불구하고 이들에 대한 미련을 버리지 못하는 남자의 일생은 나머지 모든 것들을 이 세 가지의 종속 변수로 간주하는 남성주의적인 셈법 때문이다.

돌고 도는 것이라 돈이라 했다. 권력은 휘어진 낚싯대처럼 위태롭고, 명예는 바위에 새겨진 암각화처럼 덧없고 희미하다. 돈과 권력, 명예는 현상일 뿐 이를 받아들여 조합하고 해석하는 것은 각자의 몫이다. 자신의 삶을 살면서 중요한 것들을 스스로 규정해야 한다. 비록 그것이 가끔은 음경의 굵기나 길이가 될 때도 있긴 하지만….

음경의 크기로 고민하는 남성이 클리닉을 찾게 되는 데에는 한국사회의 잘못된 문화가 한 몫 한다. 초등학생들끼리 아파트 평수를 비교하고, 대형차일수록 잘 팔리고, 빚내어 명품을 사야 하는 우리 사회는 멀쩡한 남자의 음경을 왜소하게 만든다.

포유류에서 유일하게 인간만이 음경에 뼈가 없다. 바다코끼리의 음경 뼈 길이는 무려 50센티미터가 넘는 경우도 있다. 고등동물일수록 음경 뼈의 길이가 줄어드는데 고릴라의 음경 뼈는 1~2센티미터에 불과하다.

뼈마저 사라진 인간의 음경은 휴대가 간편해졌고, 생활의 편의나 삶의 질을 위해 활용도가 높아야 했던 것인지 그 크기만큼은 영장류 중에서 가장 크게 진화했다. 인간만이 음경에 뼈가 없는 이유가 아담의 음경 뼈로 이브를 만들었기 때문이라고 주장한 황당한 책이 나와 논란을 일으키기도 했다. 어찌 되었건 진화의 과정을 통해 생명체들의 음경 크기가 고등 동물일수록 대체로 작아지는 것만은 분명하다.

이러한 진화론적 위로에 덧붙여 몇몇 연구들은 음경 크기가 파트너의 만족감에 직접적인 영향을 미치지 않는다는 점에 무게를 실어준다. 연구에 참여한 여성들의 대부분은 파트너의 음경 크기를 문제 삼지 않았다. 음경의 크기를 이

슈화하는 것은 오롯이 남자들만의 착각에서 기인한다는 것이다. 여자는 제쳐두고 남자의 크기만을 논한다면 페미니즘 시대에 또 하나의 남녀 차별로 지탄을 받을지도 모른다. 연구에서 보여준 여성의 도량은 현대 남성의 왜소 음경에 큰 위로를 준다.

시기적으로 감수성이 예민한 아이들의 경우 주변의 또래들에 비해 신체적인 변화가 조금 더디게 나타나면 아이 본인은 물론이고, 혹시나 잘못된 것이 아닌가 해서 부모 역시 큰 스트레스를 받게 된다. 그러나 대부분은 다른 아이보다 좀 늦게 사춘기가 시작되는 것뿐이고 대체로 나중에 정상적으로 발육이 이루어지는 경우가 많다. 쥐도 새도 모르고 아버지도 모르는 사이 아들의 남성이 완성되고 있었던 것처럼.

따라서 대개 고등학교 1, 2학년까지는 기다려 볼 수 있지만, 사춘기 남자아이에게 정상적으로 있어야 할 성적인 발육이 나타나지 않는 경우라면 클리닉을 찾아 상담해보는 것이 좋다. 남성호르몬 치료와 같은 적극적인 대응이 좋은 결과를 낳을 때도 있기 때문이다. 성인도 자신의 음경이 너무 작아 고민이 되고, 그로 인해 심리적으로 위축되어 사회생활에 지장을 받을 정도라면 클리닉을 찾아 상담하는 것이 타당하다.

아버지의 음경에서 붕대를 풀자 길이도 길어지고 두툼해진 남성이 드러났다. 아직 멍든 자국이 있지만 아버지는 만족스런 표정이었다. 수술 자국이 완전히 회복될 때 마음속 상처도 함께 아물 것으로 여겨졌다. 진료를 거듭하면서 남자의 음경 크기에 관련된 여러 이야기들과 상식도 함께 나누었고, 심리적인 상담도 해주었다.

무엇보다 환자는 아들이 자신처럼 힘들게 살아가면 어쩌지 하며 염려했던 마음과, 아버지로서의 은근한 죄의식까지 모두 떨쳐버릴 수 있게 된 점을 무척 고마워했다. 아버지는 이번 일을 계기로 단지 수술로 커진 자신의 음경 크기뿐만이 아니라 세상을 바라보는 마음의 크기가 부쩍 커졌고, 그만큼 자신감도 생겼다면서 껄껄 웃었다.

아들의 남성을 걱정하던 아버지의 남성. 아버지도 모르게 어느새 어른이 되어버린 아들의 남성. 남성의 크기로 만난 두 부자와의 만남을 통해 돈이나 권력, 그리고 명예로도 가질 수 없는 것이 남성의 크기이고, 그 크기를 키워나가기 위해 진정으로 필요한 것은 고통과 기다림이라는 것을 떠올리게 되었다. 아직도 아버지와 아들의 두 남성이 눈앞에서 출렁거린다.

부러진 남성

안전사고는 가정에서도 발생된다. 어린이의 경우 집안에서 일어나는 경우가 가장 잦다고 한다. 심각한 경우도 있다. 세면대에 발을 올려놓고 씻다가 넘어져 골절상을 입었다는 사람도 있고, 바닥의 깔개가 미끄러지면서 뒤로 넘어져 목뼈가 부러졌다는 이야기도 들은 적이 있다. 안전의식은 장소에 상관없이 늘 몸에 배어있어야 한다. 침실도 예외가 아니다.

새벽 2시 당직실, 요란한 전화벨이 울렸다. 40대 후반의 남자가 성기를 다친 것 같다는 응급실 간호사의 전화였다. 어떻게 다쳤냐고 물었다. 자세히 말을 하지 않아 잘 모르겠다면서 빨리 내려오셔야겠다고 했다. 야심한 밤, 더 물어보기도 좀 이상했다. 전화를 끊고 새벽에 다쳐야만 했던 그 성기를 떠올려보면서 서둘러 내려갔다.

응급실은 분주했다. 환자는 외상 환자로 붐비는 3구역에서 유일하게 커튼으로 가려진 8번 베드에 있었다. 오른쪽에 머리 위로 붕대를 칭칭 감고 있는 환자, 왼쪽에 다리 골절로 긴 부목을 댄 환자 사이로 커튼을 열고 들어가자 한 남자가 침상 위에 똑바로 누워 침대 옆 의자에 앉은 여자와 손을 꼭 잡고 있었다.

아내라는 그 여자의 눈에 눈물이 글썽였다. 심각한 상황임을 직감했다. 그의 바지는 내려져 있었고, 퉁퉁 부풀어 오른 벌건 음경이 2인치 탄력압박붕대로 두툼하게 감겨 있었다.

순간 오늘밤 잠은 다 잤구나 하는 생각이 들었다. 유심히 귀두 끝을 들여다보니 피는 안보였다. 아까 소변은 잘 봤고 혈뇨는 보이지 않았다고 했다. 요도는 문제가 없다는 것을 의미했다. 붕대를 푸는 내 손을 잡으며 남자가 신음 소리를 냈다. 옆에 있던 부인이 벌떡 일어나 살살 풀어달라고 애원했다. 음경 전체에 피멍이 들어 있었다. 커다란 혈종이 차 있는 왼쪽 부위를 누를 때 가장 아파했다. 성관계 도중에 심한 통증이 생기면서 갑자기 부었다고 했다.

다칠 당시 보통 때와 달랐던 점, 체위, 성기능과 약물 복용 등 자세한 문진을 했다. 평소 부부 간에 성관계는 드물었다. 남편의 발기력도 시원찮고 부인의 만족감에도 불만이 많았다고 했다. 그래서 어떤 계기로 함께 클리닉을 찾았고, 경구용 발기부전 치료제를 처방받았다고 했다.

어젯밤 둘이 같이 약을 복용한 뒤 관계를 가졌는데 평소와 다른 발기력과 만족감을 느꼈다는 것이다. 새벽까지 흥분 상태가 지속되어 한 번 더 관계를 갖게 되었는데, 갑자기 부인이 남편 위로 올라가더니 격렬한 성교를 시도하면서 사달이 난 모양이었다.

진단은 음경 골절이 분명했다. 음경이 부러질 때 대개 특징적인 단발음이 난다. 이를 확인하기 위해 갑자기 아파 오기 전에 무슨 소리를 못 들었는지 물어보았다.

"뚝~ 하는 소리였습니까?"

"글쎄, 픽~했던 것 같은데요"

"소리가 나긴 났지요?"

"네, 둘 다 분명히 들었습니다."

응급이었다. 서둘러 마취를 위한 검사들과 음경의 상태를 확인하는 초음파검사 등을 지시했다. 의료진이 급박하게 움직였다. 응급 수술을 한다는 말에 3구역 환자들이 술

렁대기 시작했다. 환자는 자신의 상태가 위중한지 내게 물었다. 음경 골절이 의심되니 수술을 빨리 해야 한다고 말해주었다. 골절이란 말에 놀란 환자가 당황하며 물었다.

"아니, 제 음경에 뼈가 있습니까?"

"아닙니다. 음경을 싸고 있는 단단한 백막이 파열된 겁니다."

"수술하면 문제는 없겠지요?"

"드물긴 하지만 발기에 문제가 생길 수도 있고, 간혹 음경이 휘어질 수 있습니다"

이 말을 듣던 여자가 갑자기 크게 흐느꼈다. 그녀의 울음소리에 소란스럽던 3구역은 이내 조용해졌고, 머리를 심하게 다친 환자마저 숙연한 표정으로 고개를 돌려 우리 쪽을 쳐다보았다. 지금껏 살면서 다른 사람에게 해 한번 끼친 적 없다는 아내가, 남편의 남성을 부러뜨리고 수술까지 필요하다는 말에 고개를 떨어뜨리고 심하게 자책했다. 나는 일부러 그런 게 아니니 괜찮다면서 위로해주었다.

초음파를 갖다 대니 좌측 백막에 2센티미터 정도의 결손 부위가 보였다. 환자를 수술장으로 옮겼다. 수술장 입구에서 아내가 꼭 발기력만은 살려주시고 많이 휘면 안 된다며 신신당부했다. 마취된 채 수술대에 누운 건장한 남자. 수술 부위를 조심스레 소독했다.

전신이 수술 방포로 가려졌다. 퍼렇게 멍든 음경 위로 수술 조명등의 초점을 맞추자 부러진 남성은 고개를 숙인 채 아무 말이 없었다. 침묵을 깨고 '수술 전 진단명은 음경골절' 등등 환자 확인을 위한 '타임아웃'을 한 뒤 수술을 시작하였다. 왜 하필 골절일까? 환자의 백막이 파열된 것인데 하는 의아함이 들었다.

고대 그리스인들은 음경에 공기가 들어가면서 발기가 되는 것으로 믿었다. 마치 고압 풍선처럼 생각했던 것이다. 공기는 신성한 것으로 받아들여졌기 때문이다. 1504년에 이르러서야 발기는 공기가 아니라 음경에 가득 차오른 혈액 때문이라는 사실이 밝혀졌다. 이를 발견한 사람은 다름 아닌 레오나르도 다빈치였다.

터부시되었던 다빈치의 음경 스케치 속에 뼈는 없다. 포유류 가운데 유일하게 인간만이 음경에 뼈가 없다. 포유류에 속한다는 겸손한 의미의 표현인 것인지, 아니면 페니스의 어원이 꼬리여서 꼬리뼈를 연상하여 골절이라 했을까?

아무튼 단단하게 발기된 음경이 갑자기 수축되면서 피멍으로 부어오르는 모습은 팔 다리가 부러진 골절의 모습에 견줄 만하다. 의학의 진단명에 이와 같이 은유적 표현을 쓰는 것은 극히 드문 예가 아닐 수 없다. 인문학의 경우라면 삶의 골절, 역사의 골절, 한반도의 골절, 이데올로기의 골절 등 갑자기 발생된 사건적 현상과 그에 따른 파장을 상징하는 훌륭한 은유적 표현으로 쓰일 수 있겠지만.

골절이든 아니든 표현 방법이 어떻고를 떠나, 음경의 뼛조각을 맞추어야만 했다. 음경 피부를 환상으로 절개한 뒤 파열된 백막을 찾아내어 봉합했다. 수술은 성공적이었다. 환자의 아내는 점차 안정되어 갔고, 2박 3일의 입원기간 동안 지극정성으로 남편 병 수발을 들었다. 퇴원하는 날 외래 진료 날짜를 알려주고 방을 나서는데 남자가 물었다.

"언제부터 다시 관계를 할 수 있을까요?"

"한 달 쯤 뒤부터 하는 게 좋겠습니다."

부부는 맞잡은 손을 꼭 쥐며 감사하다는 인사를 여러 번 했다. 힘든 일을 겪으면 인간은 범사에 감사하게 된다. 이번 일을 계기로 부부는 소중한 것일수록 살살 다루고 서로를 더 아껴 주리라 여겨졌다.

안전사고는 늘 가까이 있다. 예방이 최선이다. 특히 평소에 하지 않던 일을 하거나, 무리한 동작을 갑자기 취할 때 주의해야 한다. 아무리 그것이 즐겁고 행복한 순간이라 할지라도….

비뚤어진 남자

어두운 얼굴, 어수선한 시선과 냉소적인 말투, 약간은 불안정해보이는 행동들. 클리닉을 찾게 된 이유를 듣다보니 그가 보인 모든 태도가 이해되기 시작했다. 이야기의 발단은 학창 시절 잘못된 습관 탓이었다. 아니, 잘못이라기보다는 불편했던 환경에 대한 나름대로의 적응이었다고나 할까? 아무튼 그로 인해 그의 남성은 휘어지고 삶은 굴곡 되었으며, 마음은 점차 비뚤어져만 갔다.

남자라면 누구든 한번쯤은 자신의 성기에 입을 대어보려 허리와 고개를 굽혀보았을 것이라는 엉뚱한 글을 읽은 적이 있다. 특수 요가를 배운 게 아니라면 실현 불가능한 일이다. 고개를 쳐든 남성과 이를 지켜보는 눈과의 거리는 한 남자가 일평생 살아가면서 감수해야만 할 쾌락과 육체적 제한, 본능과 사회적 제약 사이의 메울 수 없는 괴리와 같다.

스스로를 위로해야만 하는 소년은 저 나름대로의 자위행위에 빠져든다. 부모의 눈을 피해야 하고, 적절한 뒷정리로 증거를 남기지 않으려 애쓴다. 자위행위 자체를 죄의식이나 경멸의 대상으로 삼아서는 안 된다.

특정 소수 정신 수련 집단에서는 성적 잡념이 수련을 방해할 때, 적극적인 자위행위를 통해 빨리 해소한 뒤 다시 정신 집중에 임하게 한다고도 한다. 다만 과도하게 자위행위에 집착하게 되면 집중력이 떨어지고 몸은 피로해진다. 본능적 충동의 승화된 형태가 예술이나 문학이라는 점은 인간의 복잡성과 특수성을 잘 드러낸다.

그는 동생과 함께 방을 썼다고 한다. 독립된 공간이 마땅치 않았던 탓이었던지 엎드려 남몰래 자위행위를 한 경우가 많았고, 그 과정에서 음경을 다친 적이 있었다고 했다. 그때의 통증과 두려움은 죄의식과 분노의 싹이 되었다. 발기 상태에서 음경이 갑자기 과도하게 꺾이면 음경을 둘러싼 백막이 파열될 수 있다. 파열은 염증을 일으키고, 차츰 손상된 부위의 팽창력이 떨어져서 발기가 되었을 때 음경이 그쪽으로 휘어지는 음경만곡(陰莖彎曲) 상태를 초래할 수 있다.

좌측으로 심하게 휘어진 음경, 그리고 발기력도 떨어졌다고 느끼면서 그는 자신감을 상실해갔다. 친구들에 대한 열등감은 점차 부모에 대한 원망으로 이어졌고, 이 세상 모든 여자들이 자신을 놀릴 것이라는 자학에 빠져들기도 했다. 어떤 여성과 관계할 때 휘어진 음경 때문에 삽입이 힘들었는데, 비웃는 듯한 상대의 얼굴에 모멸감을 느끼기도 했다.

정상적인 결혼생활은 물론이고 자식을 낳아 기르기조차 불가능할 것이라는 지나친 걱정을 하게 되면서, 여성 자체를 혐오하기에 이르렀다. 대학을 졸업하고 대기업에 취업하여 겉으로는 비교적 성공적으로 사회에 적응한 듯 했다. 하지만 그의 마음은 휘어진 음경만큼이나 비뚤어져 갔다.

정상적인 이성 교제를 못해 본 그는 어느 날 한 여인을 만났다. 새로운 꿈을 꾸기 시작한 것이다. 꿈꾸는 자는 용기를 낸다. 인간의 문제는 반드시 드러나게 되어있다. 모든 드러남은 자기만의 언어로 구원받기 위함이다. 자신이 원하든 원치 않든 드러나는 순간은 아프지만 흐르는 시간은 모든 것을 치유한다.

몸은 병원에서, 마음은 사랑 속에서 본래 모습을 회복하지만 간혹 둘 다 병원에서 치유되기도 한다. 그는 왜곡된 자신의 삶이 그녀를 통해 구원받으리라 기대했다. 그렇지만 휘어진 음경은 영원히 마지막 문을 열 수 없는 뒤틀어진 열쇠처럼 느껴졌다. 그가 클리닉 문을 열고 들어와 자신을 드러낸 것은 그 열쇠를 펴기 위해서였다.

그의 음경은 굵기나 길이가 정상 범위 이상이었다. 단지 발기검사에서 좌측으로 휘어지는 음경만곡을 보였는데, 수술로 교정이 가능한 상태였다. 교정 수술을 하면 음경의 길이가 약간 짧아지는 느낌을 받게 되지만, 원래 길이가 괜찮아서 큰 문제가 없는 경우였다. 검사 과정에서 수술 전 음경의 발기 상태를 사진으로 남길 때 환자는 짜증스런 얼굴로 불쾌함을 감추지 않았다. 자신의 고통이 고스란히 사진에 담기는 것은 그로서는 받아들이기 힘든 일이었을 것이다.

"똑바로 될 수만 있다면 짧아지는 건 문제없어요. 발기력이 예전 같지 않은 게 걱정입니다."

"검사해보니 음경의 혈류 상태와 발기 강도에는 이상이 없습니다. 휘어진 것을 바로 잡으면 마음도 편안해질 테고, 관계하는 데에도 문제가 없을 겁니다."

수술과 관련하여 생길 수 있는 합병증들을 듣고 있던 그는, 온갖 문제들이 자신에게 다 생긴다고 해도 지금껏 살아온 삶보다는 나을 것이라고 했다. 냉소적인 그의 태도는 둘째 치고, 내심 걱정되었던 것은 휘어진 정도가 심해 그가 말하는 '똑바로'를 실현하기가 그리 간단치 않아 보였다는 점이었다. 수술하고 나서 약간이라도 휘어진다면 절망할 것이 틀림없었다. 수술 날짜를 잡고 클리닉을 나서는 한 비뚤어진 남자의 뒷모습을 보면서, 똑바른 모든 남성들은 그 자체만으로도 행복일 수 있다는 것을 새삼 느꼈다.

귀두 부근의 음경 피부를 빙 둘러 절개한 뒤 섬세하게 박리하여 백막으로 둘러싸인 음경을 노출시켰다. 나체가 된 음경의 뿌리 부위에 목을 조르듯이 고무줄을 감고 발기 유발제를 주사하자 비뚤어진 남성은 거칠게 일어섰다. 발기 테스트와 디자인을 마친 뒤 반대편 백막에 절개선을 만들어 교정 수술을 진행했다.

휘어지는 쪽의 반대편 백막을 끌어당겨 강제로 음경을 펴는 방법이다. 만약 잘 되지 않는다면 휘어지는 쪽의 백막을 다른 조직으로 대체하는 복잡한 수술을 진행해야 한다. 이 경우 발기력에 문제가 생길 우려가 커진다.

두 번의 테스트를 거쳐야 했지만 반대편 백막의 교정만

으로 음경은 직선으로 펴졌다. 수술 결과는 걱정했던 것에 비해 무척 훌륭했다. 우주의 시공간이 휘어진 마당에 이 세상에 본질적인 직선이란 없다. 그래도 그가 말한 '똑바로'에 부합하기에는 충분했다. 사실 우리는 누구든지 어느 정도 휘어져 있고 비뚤어져 있다. 그게 본질이다.

음경에 두툼한 붕대를 감고 누운 그의 병실 생활은 안정되어 보였다. 통증이 수그러들자 엷은 웃음도 띠었다. 기대가 큰 표정이었다. 상처를 드레싱할 때 아픔도 잘 참고, 수술 전에 볼 수 없었던 여유마저 엿보였다. 휘어진 남성의 상징은 곧게 펴졌고, 비뚤어진 남자의 마음도 차츰 바로 서 갔다.

퇴원하고 외래를 방문해서 붕대를 풀자 상처는 잘 아물었다. 실밥을 뽑을 때 그는 온 몸을 비틀면서 예민한 곳의 날카로운 느낌들에 저항했다. 그렇지만 직선으로 곧이 뻗은 수술 후 자신의 발기된 음경을 촬영할 때는 흐뭇한 표정으로 스스로의 남성을 주시했다. 한결 가벼워진 말투로 그가 물었다.

"관계는 언제부터 가능하지요?"

"2주 후부터는 문제없습니다. 단, 너무 무리하지 마세요."

그는 마음속의 여인을 떠올리며 꿈을 꾸고 있었을지 모른다. 모난 마음은 펴지고 그녀와의 마지막 문을 자신 있게 열어젖히는 상상을 하고 있었는지도 모른다. 수술을 하던 중간 중간에 막연한 바람을 실어 기원했다. 잘 회복한 뒤 수술 결과도 좋고 마음까지도 한결 편안해지기를….

그가 클리닉을 방문하여 똑바로 편 것은 과연 음경이었을까 아니면 그의 마음이었을까? 어쨌든 칼과 피로 펴진 똑바른 자신의 음경을 뚫어져라 바라보던 그는 더 이상 비뚤어진 남자가 아니었다.

분노한
남성

그가 이혼을 하고 노모와 함께 지내게 된 이유는 모른다. 젊어서부터 당뇨병을 앓았고 콩팥 기능이 나빴던 그는 심리적인 원인과 겹쳐 심한 발기부전 증상을 보이고 있었다. 남자로서는 안타까울 만큼 자신 없는 표정과 어눌한 말투로 인해 누가 봐도 세상의 약자임이 틀림없었다. 그럼에도 그는 늘 예의 바르고 나름 밝은 구석이 있었기에 보는 이로 하여금 쉽게 동정심을 느끼게 하였다.

파트너가 있을 법해 보이지 않았는데도 그는 규칙적으로 찾아와 경구용 발기부전치료제를 처방 받아갔다. "잘 되던가요?" 하고 물으면 고개만 끄떡이고 얼른 진료실을 나서는 일이 흔했다. 40대 후반의 이혼남이 관계를 갖는 여성은 누구인지 궁금하게 생각되었던 적도 있었다.

한번은 구체적으로 발기 강도라든지, 삽입에 문제가 없었는지, 발기 지속 시간은 적당했는지 등을 물어 보았다. 그런데 어렵사리 입을 뗀 그가 하는 말에 조금 실망하고 말았다. 약을 먹고는 야한 동영상을 보면서 해소한다는 것이었다. 그 다음부터는 면담에 부담을 느끼는 듯해서 자세한 것은 묻지 않고 원하는 대로 얼른 처방만 내려주곤 했다.

클리닉에 환자가 너무 많아 일정이 지연되고 있던 어느 날이었다. 진료 중간에 환자 대기 순서를 알려주는 전광판에 문제가 생겼다. 간호사들이 출력한 명단을 들고 순서를 일일이 알려주면서 진료가 진행되고 있었다.

그의 순서가 출력 명단에서 진료자로 처리되는 실수가 발생했다. 순서가 지났는데도 그는 계속 기다렸다. 밀린 진료가 거의 마무리되고 대기실이 한적해진 다음에야 순서에 문제가 있다는 것을 알아차렸다. 그는 아무 말 없이 2시간을 기다렸던 것이다.

뒤늦게 알아차린 간호사 두 명이 그를 진료실로 안내하면서 따라 들어왔다. 순서 진행에 문제가 있었다고 내게 알리면서 그에게 정중히 사과했다. 나는 왜 순서가 지났는데도 아무 말을 하지 않았냐고 물었다. 그는 머쓱해하며 다들 너무 바쁘신 듯해서 그냥 기다리면 알아서 해주려니 여겼단다.

일부러 그런 것도 아닌데 미안해 할 필요가 없다며 씩 웃었다. 대개 진료가 지연되면 대기실이 웅성거리고, 순서에 문제가 생기면 언성이 높아질 때도 있다. 한국인은 순서에 민감하다. 그가 보여준 이해심 또는 평정심을 발휘하기가 그리 간단치 않다.

그날 화를 내도 당연한 상황에서 늘 그랬듯이 그냥 웃고 넘기는 그의 모습에서 역설적이게도 강하게 억압된 분노를 느꼈다. 그 때문인지 그가 보여준 놀라운 이해심은 왠지 모를 묘한 근심으로 다가왔다. 측은하면서도 약간은 두려운, 그러나 소동을 일으키지 않은 그에게 감사할 따름이었다. 다음에 오면 좀 더 따뜻하게 대해줘야겠다고 다짐했다.

그에게서 느껴진 억압된 분노를 생각하면서 연구실로 향하는데, 수납창구 앞에서 몹시 화난 중년 남자가 아내로 보이는 여자를 큰 소리로 야단치고 있었다. 사람들이 쳐다봐도 아랑곳하지 않고 목청을 높였다. 여자 역시 큰 소리로 맞받아치고 있었다. 분노로 인해 일어나는 여러 사회 문제를 주변에서 흔히 접한다. 개인의 조절되지 못한 분노는 일시적 분출로 마감된다.

대개는 후회와 자책, 더 나아가 스스로를 파멸시키거나 공공의 질서를 파괴하는 쪽으로 작동한다. 사회의 불합리성이 분노를 조장하는 면도 있고, 적절히 해소하지 못한 개인이 쌓인 분노를 한꺼번에 폭발시켜버리는 경우도 있다. '단지 화가 나서 그랬다'는 분노와 관계된 여러 사건 사고는 바라보는 이들을 씁쓸하게 만든다.

그의 적절히 해소되지 못한 분노는 언젠가 폭발해버리는 것이 아닐까? 분노는 때때로 어떤 중요한 일을 하게 만드는 계기가 되기도 한다. 옥탄가 높은 휘발유가 되어 오래 멈춰 선 자동차를 달리게도 한다. 하지만 분노만으로 계속 달릴 순 없는 노릇이다. 분노로 시작된 결심이나 행동들은 그것을 실행해나가면서 새로운 에너지를 공급받아야 지속 가능하고, 마침내 의미 있는 결과로 승화될 수 있다.

얼마 지나지 않아 그가 다시 진료실을 찾았다. 뭔가 고민스런 얼굴을 하면서 망설였기에 평소와 좀 다르게 느껴졌다. 하는 말인즉슨, 먹는 약 말고 주사제가 있다는 것을 안다면서 처방해달라고 했다. 발기부전은 먹는 약으로 해결되지 않으면 음경에 직접 주사해서 발기를 일으키는 주사제를 처방한다. 주사제는 일회용으로 포장되어 보관도 쉽고 휴대도 용이하다.

그의 말에 의하면 최근에 부쩍 발기력이 더 떨어져 약을 먹어도 썩 좋지가 않았다고 했다. 약 용량을 늘려보자고 하니 그가 어렵사리 이야기를 이어 나갔다. 최근에 여자친구가 생겼는데 아무래도 약으로는 관계가 이루어지지 않을 것 같아 주사제를 원한다고 했다. 평소와 달리 약간 들떠 보이기도 했던 그가 무리수를 두는 건 아닌지 염려가 되었다.

어쨌든 그에게는 중요한 문제임이 분명했다. 그는 집 근처 가정의학과에서 당뇨병과 신장병을 진료 받고 있었다. 나는 당뇨 조절이 중요하다는 것을 다시 한 번 주지시켰다. 교육실에서 음경에 주사하는 방법과 용량에 대해 교육했다. 너무 오랜 시간 발기 상태가 지속되면 병원을 찾아야 한다고 주의를 환기 시킨 뒤, 그가 원하는 대로 2개의 주사제를 처방해주었다.

언제부터인지 그 환자는 관심의 대상이 되어 있었다. 결혼했던 여자는 어떤 사람이었는지, 나의 예측대로 성기능 문제가 이혼의 직접적인 이유였던 것인지, 둘의 관계가 어떠했을지, 이처럼 착하고 예의 바른 사람의 본 모습은 과연 어떤 것인지 궁금증들이 더해만 갔다. 그러나 며칠도 지나지 않아 그는 이 모든 궁금증에 대한 답을 말이 아닌 행동으로 보여주었다. 그 방식은 막연했던 나의 염려를 들추어 내듯 분노한 남성을 양손으로 움켜 쥔 채 고통스런 모습으로 나타났다. 연구실 전화벨이 울려 받으니 전공의가 다급한 목소리로 말했다.

"교수님, 지속발기증 환자가 응급실에 왔습니다. 경구용 발기부전 치료제를 복용한 상태에서 발기유발 주사제를 과량 주사한 것 같습니다."

전공의 보고에 아뿔싸 하며 신원을 확인하니 바로 그 환자였다. 지속발기증은 강한 발기 상태가 4시간 넘게 장시간 지속되는 응급상황이다. 단단한 발기상태로 인해 음경에 동맥피가 공급이 되지 않기 때문에 응급조치 없이 시간이 지체되면 심한 경우에는 음경 조직이 썩어 들어갈 수도 있다. 전공의는 음경에 굵은 주사침을 꽂고 이미 다량의 혈액을 뽑아내다가 전화를 건 것이었다.

"피를 많이 빼내었는데도 약간 사그라지는 듯하다가 금세 다시 빵빵해집니다. 음경 해면체 혈액검사에 산증이 심합니다."

"페닐에프린(Phenylephrine) 준비해. 바로 내려갈 테니."

시퍼렇게 퉁퉁 부어 오른 음경은 지독히도 얄궂은 통증을 가져다준다. 그는 신음하고 있었다. 그러면서도 나를 보자마자 던진 그의 말은 참으로 가관이었다.

"교수님, 죄송합니다. 이런 모습으로 찾아뵙다니…."

"죄송하다니요, 왜 이렇게 늦게 오셨습니까? 9시간이나 되었다고 하던데!"

무엇보다 응급조치가 필요했다. 예상보다 상황이 심각했다. 수술이 필요할 수도 있었다. 찐득거리는 정맥피를 뽑아내야 했으므로 굵은 주삿바늘을 음경에 꽂아야만 했다. 전공의가 뽑아낸 피가 종지에 한 가득 담겨 있었다. 준비해둔 페닐에프린을 주사하고는 천천히 그의 음경을 마사지했다.

가라앉기만을 바랄 뿐이었다. 주변이 온통 피범벅이 되었다. 하지만 통증을 호소하면서도 그는 불평 한번 하지 않고 모든 상황을 견뎌내고 있었다. 그 모습이 의연하기 이를 데 없었기에 주변에서 바라보던 이들을 숙연하게 만들었다. 그는 마치 '남근의 신'과도 같았다.

지속발기증을 영어로는 프리아피즘(priapism)이라 한다. 어원이 되는 프리아푸스(Priapus)는 그리스신화에 등장하는 남근의 신이다. 이 신은 영원토록 발기된 거대한 음경을 지니고 있어 풍요와 번식의 상징이다. 그러나 슬픈 사연도 있다.

런던 내셔널갤러리에서 루벤스의 그림 「패리스의 심판」

을 본 적이 있다. 그림 속에는 육감적인 자태로 서 있는 세 여신 아프로디테와 헤라, 아테나와 함께 나무아래에 앉아 누구에게 줄지 고민하면서 사과를 들고 있는 패리스의 모습이 담겼다.

패리스는 가장 아름다운 여인이 가져야만 할 사과를 아프로디테에게 준다. 이에 대한 헤라의 저주였을까? 아프로디테는 기괴한 아들을 낳고 마는데 그가 바로 프리아푸스다. 아프로디테는 못 생긴 얼굴과 거대한 음경을 가진 그를 지상에 버리고 만다. 사랑받지 못한 프리아푸스는 엄청나게 큰 음경을 가졌지만 사실 성불구자다.

주사제를 썼지만 그의 음경은 잦아들 기미를 보이지 않았다. 자칫하면 그는 프리아푸스의 비극 속으로 빠져들 지경이었다. 연락받은 그의 어머니가 영문도 모른 채 응급실로 급히 왔다. 자초지종을 듣고는 왈칵 눈물을 쏟아내었다. 힘들게 만난 여자와 어떻게든 맺어주려 했는데 일이 이렇게 되었다면서 망연자실했다.

모자를 위로하면서 수술에 관해 설명해주었다. 어머니는 부실한 잠자리 능력으로 한번 이혼당한 것도 모자라 성불구자까지 되어선 안 된다면서 최선을 다해주길 간청했다. 환자는 애써 태연한 척 통증을 안으로 삭혔고, 자초한 상황에 대해 후회하는 기색이라곤 전혀 보이지 않았다. 그런 그의 모습과는 정반대로 모든 연료를 한꺼번에 태워버리듯 폭발하는 그의 음경은 분노한 남성 그 자체였다.

수술장에서 혈관 수축 주사제를 추가로 사용하고, 귀두와 음경 해면체 사이에 누공(瘻孔)을 만들어주는 수술을 하고서야 비로소 그의 음경은 가라앉았다. 해면체 혈액검사도 결과가 양호해졌다. 귀두와 해면체 사이에 누공을 만들어 주면 해면체에 차 있던 피가 그 구멍을 통해 귀두의 정맥 쪽으로 배출되어 발기 상태가 해소된다. 음경이 물렁해지면 다시 동맥피가 공급되면서 더 이상 조직이 손상되지 않는다.

퇴원을 앞두고 자초지종을 상세히 묻자 그가 조심스레 입을 뗐다. 그날 밤 평생 처음으로 성공적인 관계를 가져보았다고 했다. 약을 심하게 써서인지 새벽까지 발기상태가 지속되었고, 어쩌다 보니 다시 관계를 가질 수밖에 없었다고 했다. 그러고도 발기가 지속되면서 통증이 느껴졌지만 차마 그 말을 상대에게 털어놓을 수가 없었고, 곤히 자는 그녀를 두고 혼자 나올 수도 없었기에 아침까지 기다린 뒤 집에 데려다 주고서야 병원에 왔다는 것이다.

나는 그를 물끄러미 바라보았다. 그는 역시나 어수룩해

보였지만 착한 남자였다. 어리석다는 생각이 들지 않았다. 몰래 과도하게 자신의 음경에 주사제를 주입했을 그를 떠올려 보았다. 이 여자만은 놓치고 싶지 않으리라는 안타까운 마음이었고, 그녀에게 인정받고 싶었던 서툰 마음이었다. 남자의 헛된 욕망이었을 수도 있고, 쾌락을 위한 충동이었는지도 모른다.

어쩌면 한 번도 화를 내본 적이 없었던 그가 자신의 음경을 통해 그간 쌓인 모든 억압된 분노를 한꺼번에 발산한 것이라는 기분도 들었다. 이유가 무엇이었던 간에 통증을 참아가면서 날을 새고, 잠에서 깬 그녀를 집에까지 데려다준 뒤에야 병원을 찾았다는 사실만으로도 그가 사랑에 빠졌다는 것에는 의심의 여지가 없었다. 그의 눈에도 그런 뜻이 쓰여 있었다. 마주보며 순간 통했다. 우리는 씩 웃으며 미소를 주고받았다.

클리닉은 남성을 화나게 하여 일으켜 세우는 곳이지만, 간혹 분노한 남성을 삭일 때도 있다. 그가 보여준 남성의 분노는 차의 시동을 요란하게 걸었다. 분노만으로 계속 달릴 수도 사랑할 수도 없다. 그는 시간이 가면서 예전만큼의 발기력 정도는 회복할 것이다. 퇴원하기 전에 그녀가 병문안이라도 와준다면 그에게는 새로운 에너지가 될 것이다.

그리고 마침내 둘의 사랑이 성립된다면 분노가 삶의 중요한 계기로 승화될 수 있다는 믿음을 음경으로 입증해준 한 남자의 사연으로 기록되고도 남을 터인데….

가장
소중한 것

그는 힘든 암 치료 과정을 이겨냈다. 이제 5년이 다 되어 가니 암에서 완치되었다고 할 수 있다. 그러나 그가 겪어야 했던 일들은 다른 암 환자들과는 무척 다른 것이었다. 암 환자들이 흔히 받게 되는 힘든 항암치료와 방사선치료는 그런대로 잘 견뎌냈다. 하지만 그가 받아야 했던 수술은 무척 단순했던 반면 정신적 고통이 큰 것이었다.

그는 성관계에 매우 적극적이었다. 40대 중반에 이혼한 후 독신 상태였던 그는 다수의 여자들과 성관계를 해왔다. 목욕탕에서 친구들과 어울려 음경에 바셀린 주사를 맞기도 했다. 일종의 불법 시술인데, 피하에 주사된 바셀린은 이물질로 작용하여 염증을 일으키므로 반드시 수술로 없애야 한다. 나중에는 피부 이식을 해야 할 정도로 음경 피부의 손상이 심해질 수도 있다.

몇 년 전에는 성기와 그 주변에 닭볏 모양의 사마귀가 여럿 생기는 성병도 앓았는데, 병원에서 없애도 자주 재발하여 한동안 고생한 적이 있었다. 이를 보면 그는 콘돔을 쓰는 것과 같은 성병 예방은 소홀히 하면서, 성관계 자체에 매우 집착했던 것 같았다. 인간에게 삶을 영위해가면서 가장 소중한 것이 무엇인지 물어보았을 때, 무형 유형의 온갖 것들이 답으로 나올 수 있다. 그에게 그런 질문을 던졌다면 "음경입니다" 하고 주저 없이 답했을 만큼 그의 말들은 음경에 대한 강한 집착을 드러내었다.

그가 문제의 심각성을 느낀 것은 귀두 아래의 음경이 평소보다 부풀어 올라 아팠을 뿐 아니라, 진액 같은 것이 피부의 작은 구멍을 통해 흘러내리는 것을 발견하고부터다. 그는 음경의 여기저기를 살펴보았는데 전에 없던 혹 같은 것이 음경을 감싸고 있는 것을 발견했다. 그의 가슴은 콩닥거리기 시작했다.

언제부턴가 자신의 속옷에 뭔가가 자꾸 묻었고, 파트너로부터 냄새가 난다는 불평도 들었다. 대충 넘기곤 했는데 혹을 발견한 뒤로는 갑자기 걱정이 몰려들었다. 근처 병원을 찾았고, 음경의 피부가 너무 안 좋으니 큰 병원에서 조직검사가 필요하다는 말을 듣게 됐다. 조직검사란 말에 그는 본능적으로 자신의 가장 소중한 것에 중병이 생겼음을 직감했다.

그는 음경암이었다. 조직검사 결과를 설명해주자 성기에도 암이 생긴다는 사실을 전혀 몰랐던 그는 충격에 빠졌다. 사타구니에는 림프절도 만져졌다. CT를 예약해 주었다. 음경암은 예전에는 많았지만 음경의 위생이 잘 관리되는 최근에는 보기 매우 드문 암이다. 음경암은 대부분이 편평상피 세포암(squamous cell carcinoma)으로 일종의 피부암이 음경에 생긴 경우라 할 수 있는데, 암 조직은 음경 안쪽으로 파고드는 형태를 취한다.

많이 파고들수록 병기가 높아진다. 심한 경우에는 암 조직이 요도까지 침범하여 막을 수도 있고, 이렇게 되면 소변보는데 문제가 생기거나 요도로 피가 나오기도 한다. 암이 진행되면 사타구니의 림프절로 전이가 일어나고, 골반 림프절 뿐만 아니라 전신에 암이 퍼진다. 대체로 진행된 음경암은 사망률이 매우 높은 난치암 중 하나다.

진단 과정에서 문진이나 병력 청취를 통해 그에게 음경이 얼마나 소중한 것인지를 일깨워주었기에 치료 방법을 묻는 그에게 말하기가 무척 조심스러웠다. 무거운 말투로 입을 뗐다.

"음경을 잘라내야 합니다."

올 것이 오고 말았다는 듯 그는 고개를 떨어뜨린 채 두 손으로 머리를 감싸면서 괴로워했다. 어쩌면 그에게는 사형 선고보다 더한 말이었을 수도 있다. 그는 치료에 대해 고민할 시간이 필요하다면서 검사 예약도 하지 않고 진료실을 나가버렸다. 빨리 치료하지 않으면 생명을 잃을 수도 있었으므로 그런 그의 행동은 무척 안타까운 것이었다.

아브라함의 하나님에 대한 순종은 놀라운 것이었다. 「창세기 22장」을 보면 하나님은 아브라함에게 그가 가장 소중하게 여기는 아들 이삭을 제물로 바치라는 청천벽력 같은 명령을 내린다. 아브라함은 즉각 순종하는 모습을 보였는데, 이는 일반인들로서는 상상조차 하기 힘든 일이다. 따라서 아브라함과 이삭의 이야기는 절대자에 대한 무조건적인 순종으로 대변되는 종교적 믿음의 상징처럼 회자된다.

음경을 자른다고 암이 낫는다는 보장도 없었다. 완치에 대한 믿음이 있었다면 그 역시 음경을 쉽게 내어 놓았을지 모른다. 항암 치료와 방사선 치료를 병행해야 했다. 완치될 가능성은 반반이었다. 절대적으로 완치되리란 보장도 없는 치료에 대해 순종하여 자신이 가장 소중하게 여기는 것을 잘라내야 하는 상황은, 그에겐 아브라함이 겪은 것보다 더 한 시련이었다.

바쁜 진료 일정에 잊고 있던 차에 그가 한 여성과 같이 진료실에 나타났다. 재혼을 생각해오던 여성이라고 했다. 그가 고민을 진지하게 털어 놓았고, 그 여성의 설득에 따라 병원을 다시 찾게 되었다는 것이다. 이유야 어쨌든 치료가 급했다. 수술 일정을 당겨 잡았다. 그가 몹시 불안해했기 때문에 수술 전에 정신과 진료를 받도록 조치했다. 수술 후에 무슨 난리가 일어날지도 모를 상황이었다.

음경은 단칼에 잘려 나갔다. 허무하게 잘려나간 그의 남성은 검체 봉투에 담겨 병리과로 전달되었다. 음경의 뿌리를 고무 끈으로 단단히 조여 두었으므로 잘려진 음경의 단면에서는 피 한 방울 나지 않았다. 드러난 해면체의 단면을 봉합한 뒤 피부로 감싸주었다.

남은 요도를 회음부에서 박리한 뒤 음낭과 항문 사이의 피부에 노출시켰다. 수술을 마치면 환자는 여자처럼 변기에 앉아서 소변을 봐야 했다. 괄약근과는 상관없으니 요실금 문제는 없고, 정상적으로 배뇨가 가능하지만 남들처럼 서서 소변을 볼 수 없는 장애가 남는 것이다.

수술하고 회복이 어느 정도 된 상태에서 도뇨관(導尿管)을 뽑아 주었고, 그는 처음으로 앉아서 소변을 보았다. 남는 오줌도 없이 방광을 싹 비웠다. 변기에 앉아 소변을 보면서 그가 무슨 생각을 했는지는 알 수 없다. 중요한 것은 그가 걱정했던 것과는 달리 평온한 상태에서 치료 과정을 견뎌 냈다는 점이다.

수술 전에 외래 진료실을 같이 방문했던 여성이 수술이나 치료 과정, 그리고 입원 기간에도 자주 따라 다니면서 간호하는 장면은 의료진들에게 무척 깊은 인상을 남겼다. 그 여성은 환자가 사업을 하던 시장에서 또 다른 장사를 하고 있었고, 환자와는 오랜 지인 관계였다는 사실을 나중에 알게 되었다.

자신의 가장 소중한 것을 바쳐 그가 얻고자 했던 생명에 대한 믿음이, 불확실하고 모호한 의학적 완치율에 대한 것이 아니었음은 분명했다. 하지만 그녀와의 새로운 사랑에 대한 믿음이었던 것인지는 도무지 알 길이 없다. 단지 겉으로 드러난 분명한 것은 수술에서 회복한 뒤 힘든 항암 치료와 방사선 치료 과정에도 그녀가 함께 했다는 점, 비록 신경안정제와 같은 정신과 약물에 기대기도 했지만 그녀의 도움으로 자신의 사업을 포기하지 않고 계속해나갔다는 점, 그리고 수술하고 5년 째 검사에서 완치 판정을 받던 날에도 기쁜 소식을 듣고 환히 웃는 환자의 옆에 그 여성이 함께 앉아 있었다는 사실이다.

꼬인 아이

일요일 아침 동생처럼 잘 알고 지내던 탁 교수로부터 급한 전화가 걸려왔다. 자기 막내 녀석이 음낭 부위에 통증을 느낀다는 것이었다. 딸 하나 아들 하나인 집안이었다. 그때 그 아이는 중학교 2학년쯤 되었던 것 같다. 딸아이를 얻은 뒤 한참 만에 늦둥이로 얻은 아들을 탁 교수는 무척이나 좋아했다. 역사학자였던 그는 답사 여행 때마다 초등학생 아들을 데리고 다닐 만큼 남다른 자식 사랑을 보였다.

언제부터 아팠는지 물어보았더니 아이가 며칠 째 혼자 끙끙 앓다가 이제야 이야기를 했다면서 음낭이 많이 부어올랐다고 했다. 왜 그렇게 늦게 알았냐고 질책에 가깝게 나무랐다. 녀석이 중학교에 가면서 말수가 없어져서 예전처럼 많은 대화를 나누지 못한다는 것이었다. 엊그제 배가 아프다고 해서 병원에 데려가려 했다고 한다. 그런데 조금 지나면서 괜찮다기에 그냥 지켜보았는데, 고환이 아픈지는 전혀 몰랐다고 했다.

갑자기 걱정이 앞섰다. 응급실에 전화를 해둘 테니 어서 가보라고 일렀다. 학회에 참석하고 있었으므로 담당 전임의에게 전화를 걸어 상황을 알려주었다. 몇 시간이 흐르자 당직 전공의로부터 전화가 걸려왔다.

"아까 말씀하신 교수님 지인의 자제 분 말인데요. 도플러(doppler) 초음파검사를 해보니 좌측 고환에 혈류가 잡히지 않습니다. 전임의 선생님이 직접 마취과에 연락해서 수술방을 알아보고 있습니다."

"방이 잡히면 직접 통화를 해야겠네" 하고 전화를 끊었다.

몇 분도 되지 않아 전임의로부터 전화가 걸려왔다. 음낭을 만져본 소견과 초음파검사 결과를 들으니 걱정한 대로 고환염전이 틀림없었다. 어떻게든 고환을 살려야 한다고 일렀다. 탁 교수의 걱정은 이만 저만이 아니었다. 내가 직접 봐줘야 했지만 학회에서 좌장을 맡아야 했기에 바로 갈 수도 없는 노릇이었다.

마치고 서울에 도착하려면 몇 시간이 걸릴 듯 했다. 전화로 전임의 선생이 잘 봐 줄 것이라고 안심시킬 수밖에 없었다. 집에 도착하자마자 상황이 궁금하여 연락을 해보려던 차에 병원에서 전화가 걸려왔다. 전임의였다.

"교수님, 따뜻한 식염수로 한 시간 가량 세척하면서 지켜보고 있는데…"

말꼬리가 흐려졌다.

"왜 그러나? 상태가 좋지 않나?"

"네, 아무래도 떼어내야 할 것 같습니다."

큰일이었다. 전임의의 판단이라면 크게 달라질 일도 없었다. 황급히 병원을 향했다. 입구에서 대기 중이던 탁 교수 내외와 간단히 인사한 뒤 수술방으로 들어갔다. 시커멓게 변색된 고환이 노출되어 있었다. 한 눈에 봐도 돌아올 가망이 없어 보였다. 바늘로 찔러도 출혈조차 없었다. 기대하고 있을 탁 교수 내외가 떠올랐고, 뭐라고 위로해야 할지 잘 떠오르질 않았다. 우선 반대편의 정상 고환을 튼튼하게 고정해주었다. 아쉬운 마음에 물었다.

"얼마나 돌아가 있었나?"

"한 바퀴 반 정도 돌아가 있었습니다."

고환염전은 고환이 갑자기 돌아가면서 꼬이는 병이다.

고환이 매달려 있는 정삭이라고 불리는 다발이 새끼줄 꼬듯이 꼬여서 동맥의 공급이 중단되기 때문에 비뇨의학과의 대표적인 응급 질환 중 하나다. 대체로 시간이 오래 지나지 않은 경우 응급 수술로 고환을 살릴 수 있다. 하루를 넘기면 고환을 살릴 수 있는 확률은 급격하게 줄어든다.

이처럼 고환이 괴사되어 불가피하게 떼어내야 하는 경우는 흔치 않은데 하필이면 탁 교수 막내에게 이런 일이 벌어지고 만 것이었다. 고환을 떼어내면서 아이가 통증을 어떻게 참았는지 궁금했다. 그리고 아이와의 관계가 돈독했던 탁 교수였기에 통증을 늦게 발견한 것이 더더욱 의아했다.

병실에서 아이를 보면 수줍음을 탔지만 여전히 밝은 구석이 많았다. 나무랄 데 없는 착한 아이였다. 학교에서 공부도 썩 잘한다고 했다. 고환은 꼬였으나 아이의 말과 행동에는 전혀 꼬인 데가 없었다. 단 부모가 조심스레 물어보아도 별일 아닌 줄 알았다는 말만 할 뿐 통증을 어떻게 참을 수 있었는지에 대해서는 영 대답하길 꺼려했다.

고환염전이 발생하는 이유는 다양하다. 원래 고환은 온도나 자극에 따라 정삭을 구성하는 거고근(擧睾筋, 고환을 들어 올리는 근육)이 수축과 이완을 하기 때문에 상하로 움직인다. 고환 쪽 허벅지의 안쪽을 부드러운 펜 등으로 살짝 긁어 보면 그 쪽 고환이 아래에서 위로 움직이는 것을 볼 수 있다. 이를 거고근 반사라 한다.

이때 고환은 바깥쪽에서 안쪽으로 약간 회전하면서 위로 올라간다. 따라서 평소와 다른 과도한 운동이나 급작스런 동작 등으로 심한 자극을 받으면 고환이 급작스레 상승하면서 바깥쪽에서 안쪽으로 홱 돌게 되어 염전이 발생할 수 있다.

보통 360도에서 심하면 720도까지 꼬일 수 있다. 고환 염전이 생기면 허벅지를 긁어 보아도 고환이 상승하는 운동을 관찰할 수 없게 된다. 이렇게 거고근 반사가 없어지는 것은 진단을 위한 중요한 소견이다. 고환이 선천적으로 음낭 내에 잘 고정되지 못한 기형도 원인이 된다. 과도한 성적 흥분이나 자극도 고환을 급작스레 상승시키므로 드물지만 염전의 발생 원인이 될 수 있다.

고환염전은 복막에 자극을 주므로 소화기 증상, 즉 아랫배가 아프고 속이 메스꺼운 증상을 보인다. 이어서 심한 통증과 함께 고환이 부어오른다. 발생된 지 몇 시간 이내면서 꼬인 정도가 심하지 않으면, 손으로 고환을 직접 돌려 치료하는 도수정복(徒手整復)을 시도해볼 수 있다. 바깥에서 안쪽으로 꼬이므로 도수정복은 고환을 안쪽에서 바깥쪽으로 돌려주어야 한다.

도수정복에 성공하더라도 재발 가능성이 있으므로 고환을 고정해주는 수술이 도움이 된다. 아무튼 사춘기 남자 아이를 둔 부모들은 아이가 아랫배에 통증을 호소할 때 고환은 괜찮은지 반드시 확인해야 한다. 혹시라도 염전이면 고환을 잃을지도 모르기 때문이다.

비밀이 많은 나이이니 이유를 꼬치꼬치 캐물을 수만도 없었다. 부모에게 남은 고환은 아무런 이상 없이 아주 건강하다고 알려주었다. 이유를 궁금해 하기에 무언가 과도한 자극으로 발생되었을 텐데 분명치는 않다고 말해주었다. 흉금 없이 대화할 수 있는 관계였기에 부인이 없는 틈을 타서 탁 교수로 하여금 학교에서 친구들 간에 심한 몸 장난이나 다툼은 없었는지 알아볼 필요가 있다고 알려주었다.

드물지만 혹시 아이가 과도한 자위행위에 빠져 염전을 초래했을 가능성, 아니면 공교롭게도 고환이 염전된 줄도 모르고 자위행위를 하다가 통증이 생기자 자위로 인한 것이 아닌가 근심하여 말을 못한 것은 아닌지 여러 추측도 함께 해주었다.

그 뒤로 아이는 큰 문제없이 성장했다. 학업 성적도 우수하여 본인이 가고 싶은 대학에도 진학했다. 예민한 시기에 충격적인 일을 당해 모두들 걱정이 컸었는데, 정작 본인은 별로 대수롭지 않게 여기면서 자기 할 일을 잘 해냈으니 다행한 일이 아닐 수 없었다.

꼬인 아이였던 그는 대학 1학년 여름방학에 어엿한 성인이 되어 돌아왔다. 그에게 마음에 드는 고환을 골라보라고 했다. 인공 고환 샘플을 보면서 킥킥 웃던 아이는 "너무 큰 거는 부담스럽습니다"고 했다. 고환이 사라진 그 자리에 반대쪽보다 약간 큰 것 하나를 심어주었다. 수술을 마치면서 건강한 하나는 오래 전에 고정되었고, 새로 심은 다른 하나는 꼬일 수 없는 것이니 그의 인생길에 다시는 꼬일 일 없으리라 축복해주었다.

전립선
랩소디(Rhapsody)

초등학교 시절은 간간히 기억이 난다. 잊고 지냈던 장면들도 친구들 만나 이야기해보면 슬그머니 기억날 때가 있다. 중학교와 고교 시절은 비교적 생생한 편이어서 그 추억들은 평생을 따라다닌다. 그러나 학교도 가기 전의 어린 시절은 까마득하기만 하다. 빛바랜 사진처럼 몇 장면의 단절된 기억으로 남아 있을 뿐이다. 그것들마저 세월 속에서 더더욱 희미해져만 간다.

슬픔이란 것을 배우기 전이어서인지 아이들은 슬픔에 대해서는 잘 모른다. 그래서 어떤 어린 시절의 생생한 기억을 가지고 있다면 그것은 무언가 대단히 기뻤던 것이었을 수도 있지만, 그보다는 두려움과 공포심이 뒤섞였던 순간인 경우가 많다. 무의식의 공간은 아마도 기억나지 않는 그러한 것들로 가득 차 있을 것이다.

응급실에 도착한 정 노인은 무의식 속에 잠재되어 있던 오래된 공포심이 되살아나고 있음을 느꼈다. 어린 시절 오줌을 잘 가리지 못했다. 아침에 깨어 이부자리가 젖어 있으면 어린 마음에도 상심이 컸다. 곡식 쭉정이를 걸러내는 키를 머리에 쓰고 동네를 한 바퀴 돌면서 소금을 얻어 와야 했기 때문이다. 소아 야뇨증(夜尿症)은 시간이 가면서 대개 좋아지니까 특별히 치료가 필요한 경우는 드물다. 그런데도 왜 우리 조상들은 그런 얄궂은 일을 아이에게 시켰을까?

아마 지금 자기 아이에게 그런 일을 시켰다가는 아동학대로 여겨질 것이다. 저녁 늦게 물을 너무 많이 마시지 않게 하고, 잠자기 전에 소변보는 습관을 길러주면 시간이 가면서 다 좋아진다. 그런데 정 노인이 평생토록 기억할 만큼의 충격 요법이 민간에서 행해진 까닭은 키를 쓴다는 것이 건강해진다는 의미이고, 소금은 대개 나쁜 기운을 몰아낸다는 민속 신앙에서 그 이유를 찾을 수 있을 것이다.

좋은 뜻으로 시켰을 것이고, 시간이 가면서 정 노인도 오줌을 가렸다. 하지만 어린 시절의 키는 그저 창피한 얼굴을 파묻어 숨기는 가림막이었을 뿐이고, 소금을 볼 때마다 나쁜 기분이 들기만 했다.

하얀 가운을 입은 새파랗게 젊은 여자 의사가 다가왔다. 무언가 천에 싸인 물건을 펼쳐놓더니 장갑을 끼고는 파랗고 굵은 고무줄을 꺼내들었다. 정 노인은 두려웠다. 벌써 세 번째 응급실 방문이었고, 요도를 통해 호스를 끼우는 고통을 반복해서 감수해야 하는 것이 어리석다는 생각도 들었다. 쌀쌀한 날 텃밭 일을 조금 더 해보려고 소변을 너무 참았던 것이 화근이었다. 약도 먹어 보았지만 깜박하고 빠트린 날은 여지없이 소변 보기가 이만저만 불편하게 아니었다.

여자 의사는 정 노인의 남성을 거칠게 움켜쥐더니 굵은 호스를 요도 입구를 통해 밀어 넣었다. 비밀스런 통로를 쓸며 지나가는 날카로운 통증이 아래에서 머리끝으로 솟구쳤다. 야릇한 통증이 멈추자마자 불룩하게 솟아오른 아랫배에서 안도의 느낌이 전해오더니 방광을 가득 채우고 있던 소변은 소변 가방으로 급류처럼 흘러 내렸다. 지난번엔 도뇨관이 잘 들어가지 않아 다른 의사가 와서 여러 번 시도한 끝에 겨우 넣었었다. 한 번에 성공한 이 젊은 여자 의사에게 무한한 감사의 심정이 일어 정 노인은 외마디를 던지고 말았다.

"너무 시원합니다."

다시 호스를 차고 누운 정 노인을 아내는 측은한 표정으로 지켜보았다. 밤에 오줌 누러 서너 번 일어나 화장실을 갈 때, 아내가 잠에서 깨지 않도록 살금살금 걸어가곤 했다. 어릴 때 어머니에게 느꼈던 미안하고 창피한 마음을 늙어서 아내에게 지니게 될 줄은 몰랐다.

젊고 활기찬 시절에는 두려울 게 없다. 서툴고 소심했던 어린 시절의 막연한 두려움들은 자만심으로 덮어버리고, 사춘기 시절의 섬세한 감각은 현실 속의 둔탁한 자극들로 상쇄되고 만다. 곧 닥칠 노년의 육체적 쇠퇴에 대해서는 상상조차 하길 거부한다.

우리 삶은 잠시 동안 청년기와 장년기라는 온전한 상태의 유지 기간을 제공한다. 덮어두었던 어린 시절의 막연한 두려움들은 노년의 외로움과 질병, 그리고 죽음이라는 구체적인 두려움의 모습이 되어 돌아오고 만다. 겸손한 마음으로 건강과 젊음을 만끽하고 의미 있는 일에 열정을 쏟아야 할 이유는 여기에 있는지도 모른다. 공무원으로 평생 봉사하는 삶을 살았던 정 노인은 이제 어린 시절의 키 대신 호스를 끼고, 소금 대신 전립선 약을 처방받고는 집으로 향했다.

가족회의가 열렸다. 아들은 아버지가 수술받기를 강하게 주장했다. 정 노인도 더 이상 약으로 버티기는 힘들다고 판단했다. 수소문 끝에 병원을 알아보다가 클리닉을 방문했다. 전립선과 방광 기능에 대한 검사를 받았다. 정 노인의 전립선은 80그램 넘게 커져 있었다. 전립선비대였다.

다행히 암 수치는 정상이었고, 방광 기능검사에서 방광 근육의 수축력은 유지되어 있었다. 정 노인은 고혈압 약 외에도 다수의 약을 복용하고 있었다. 이미 복용하고 있는 약이 많다는 사실과 함께, 전립선 약을 간간히 복용할 때마다 느꼈던 약간의 어지러운 증상도 정 노인이 전립선 약 복용을 꺼리는 이유 중의 하나였다.

전립선비대라고 다 수술하는 것은 아니다. 좋은 약물이 많이 시판되고 있고 효과도 좋아, 약물로 증상이 호전되는 경우에는 대개 약물 요법을 지속한다. 흔히 쓰는 약물은 알파 차단제이다. 방광의 입구와 그 아래 밤톨만한 전립선 요도의 평활근(平滑筋)을 이완시켜 소변 배출을 원활하게 한다. 남성호르몬 수용체 차단제는 6개월 이상 복용하면 전립선의 크기를 30퍼센트 정도 줄여주지만, 이러한 효과는 지속적으로 복용할 때만 유지된다.

전립선비대를 방치하면 지속적으로 힘을 줘서 소변을 보

아야하므로 방광의 근육이 스트레스를 받고 압력에 의해 위축되기 때문에 방광에 심한 주름이 생기는 육주(肉柱) 현상이 나타난다. 방치되면 방광의 수축력에 문제가 생겨 소변을 볼 수 없게 된다. 따라서 이러한 약물들은 고혈압의 합병증을 방지하기 위해 혈압강하제를 장기 복용하듯이, 정상적인 자연적 배뇨 기능을 가능한 한 오래 유지시켜 주기 위해 장기적인 복용이 권장되고 있다.

그러나 정 노인과 같이 소변을 보지 못해 도뇨관을 삽입해야 하는 일이 벌어지거나 약을 복용하기에 부적절한 경우에는 수술이 필요하다. 수술을 해야 하는 다른 이유로는 전립선비대로 인해 신장 기능이 나빠진다든지, 혈뇨가 반복되거나 방광 안에 결석이 생긴 경우 등이다.

수술 전 검사로 요속을 측정해보고 혈액검사를 시행한다. 특히 PSA라고 하는 전립선 특이항원검사로 암이 의심되는 상태는 아닌지 확인한다. 항문에 삽입하여 검사하는 전립선 초음파검사를 해보면 전립선의 크기를 비교적 정확히 계산해낼 수 있다. 때때로 전립선을 제거해도 방광의 수축력이 부족한 경우에 제대로 소변을 볼 수 없으므로 방광 기능검사를 통해 수축력을 확인해보기도 한다.

또한 이 연령의 남성에서는 전립선암이나 방광암이 있을

수 있다. 이 둘은 모두 한국 10대 암에 속하고, 갑상선암을 제외하면 남성 암 5위와 6위를 차지한다. 따라서 근처 비뇨의학과에서 적절한 검사를 시행한 뒤 수술을 받는 것이 옳다.

정 노인의 경우 출혈이 적은 레이저 수술이 적절했다. 전신마취 상태에서 정 노인의 전립선은 날카롭게 도려내어졌다. 내시경으로 바라본 비대가 심한 전립선은 마치 큰 두 개의 바위가 양편에서 굴의 입구를 막고 있는 것과 유사하다. 바위는 레이저로 조각조각 잘려나간 뒤 내시경으로 제거되었다.

굴의 입구는 젊을 때처럼 훤하게 다시 열렸다. 어린 시절 동네를 돌아다니면서 얻어낸 소금으로 겨우 야뇨증을 면하고 키를 벗어 던져 버릴 수 있었던 정 노인은 비뇨의학과에서 적절한 레이저 수술을 받음으로써 요도에 넣어야만 했던 얄궂은 호스를 빼내어 버릴 수 있었다.

다시금 정상적으로 소변을 보게 된 정 노인은 화장실에서 오줌을 눌 때마다 폭포수처럼 떨어지는 자신의 소변줄기를 바라보면서 아직도 그런대로 건강한 자신의 삶에 대해 다시 생각해보게 되었다. 큰 고통 없는 수술이었지만 삶을 돌아보는 계기가 된 것이다.

텃밭 일을 하면서 소변 문제로 불편해하던 단순한 생활 감각을 뛰어넘어 정 노인은 밭을 메운 상추와 고추의 잎사귀들을 예전보다 귀하게 여겼다. 또한 반복적이고도 무료한 일상의 여러 면에서 감사하는 마음을 가지게 되었다.

동네 노인정의 반장이기도 했던 그는 그 후로 전립선비대의 수술 예찬론자가 되고 말았다. 비슷한 증상으로 고생하는 친구 몇 명을 데려오기까지 했지만 한두 명을 빼고는 대개 약물로도 충분한 경우였다.

요란한 남성

장 사장은 60대 초반이었다. 그는 시장에서 도매업을 하여 큰돈을 벌었다. 타고난 체력만큼 고갈되지 않는 정력의 소유자였다. 어떻게 아내를 만났는지는 알 수 없으나 어린 나이에 일찍 결혼한 건 분명했다. 언젠가 막내아들과 함께 클리닉에 온 적이 있는데, 아들인지 친구인지 구별이 안 되었다. 한 평생 같이 살았다는 아내의 마음고생은 이만저만 한 것이 아니었다. 장 사장이 처음 수술을 받고 입원 중일 때 그간의 일들에 대한 부인의 하소연을 들어준 적이 있다.

결혼하고 몇 달도 안 되어서 다른 여자와 바람이 났다는 것이었다. 여자만 보면 환장을 한다는 막말까지 거침없이 쏟아내어 무척 민망했다. 전체적인 내용들이 환자의 보호자에게서 들어보기 힘든 것이었다. 뿐만 아니라 엽기적이기까지 하여 듣고 있기가 참으로 난감하기 이를 데 없었다. 이혼을 해도 수만 번 했겠지만 어린 다섯 남매 키우느라 정신이 없어 뜬 눈으로 온갖 몹쓸 경우를 다 지켜볼 수밖에 없었다고 했다. 그때 이 남자의 살아온 바가 어땠는지는 대충 파악했다.

장 사장이 처음 클리닉의 문을 두드린 것은 5년 전이었다. 퉁퉁 부은 음경을 붕대로 칭칭 감고 왔다. 감긴 붕대의 부피로 인해 크기가 과장되어 보였지만, 일견 그의 음경은 일반 대중의 것을 훨씬 넘어섰다. 그 순간을 잊을 수 없는 이유는 누런 고름이 붕대 사이로 배어나와 젖어 있었고, 지독한 악취를 풍기고 있었기 때문이다.

치료실에서 붕대를 풀자 음경이 드러났다. 귀두와 가까운 피부는 일부 괴사되어 시커멓게 변했고, 울퉁불퉁 튀어나온 피부 조직들은 염증으로 다 망가져서 처참한 상태였다. 음경에 뭘 주사했는지 물어보니 바셀린이라고 답했다. 지금껏 보았던 중 최악의 음경 바셀린종에 의한 합병증이었다.

남자들이 경쟁을 즐기고 무엇인가에 몰입하는 것은 당연한 일이다. 공격성으로 대변되는 테스토스테론이 분비되는 동안 피할 수 없는 본능적 행위이기 때문이다. 대개의 남자들은 그 에너지를 성적 활동에만 쏟아 붓지 않는다. 개인이나 사회를 위해 다양한 형태로 표출한다. 생활 속에서는 레저나 취미 활동, 사회적으로는 봉사나 단체 활동으로 나타난다.

지나치면 운동 중독과 같은 형태로 건강을 해칠 뿐 아니라 과격한 의사 표현으로 사회적 갈등을 초래할 수도 있다. 힘이 남아돌아서 이런 활동을 하는 것은 아니다. 그러한 과정 속에서 남성호르몬의 분비는 더욱 자극받고, 증가된 에너지와 공격성이 보다 승화된 형태로 진화해나가면서 새로운 힘과 동기를 부여받기 때문이다. 이러한 선순환 과정은 개인과 사회를 발전시키는 원동력이 된다.

장 사장은 대부분의 관심을 성기와 성관계에 두었다. 자신의 성 능력을 확인하는 과정에서 삶의 의미를 찾는다고 할까? 냉정하게 표현하면 섹스 중독이다. 무언가를 중독이라고 표현할 때는 그 지나침이 폐해를 가져오는 경우들에서이다. 정 사장의 삶은 피폐해지고 있었다. 그의 음경은 썩고 있었다. 결혼 후 성관계에 지나치게 집착하여 남들은 상상하기 힘든 빈도의 관계를 가져왔다.

생활 속에 습관화되었기에 이에 부응해야 했던 아내는

젊어서는 당연한 것으로 받아들이다가, 점차 남편의 상태가 일반적인 것이 아니라는 사실을 알아차린 뒤로 문제 제기를 할 수 밖에 없었다. 이후 심한 갈등의 요인으로 작동하기 시작했다. 아내로 해결되지 않자 장 사장은 밖으로 나돌기 시작했다.

대개는 자신의 음경이 왜소하다고 느끼는 경우 클리닉을 방문해서 음경 확대 수술에 대한 문의를 하거나, 혹은 잘못된 유혹에 못 이겨 이물질을 음경에 주사하게 된다. 사람들은 자신의 열등감을 다양한 방법으로 메워나갈 수 있다. 반드시 콤플렉스로 남아야 하는 것이 열등감의 본질은 아니다.

자연스럽게 받아들이는 수용의 자세만으로도 대부분의 열등감은 해소된다. 적극적이고 긍정적인 측면으로 바라보면 열등감은 개인을 발전시키는 원동력으로도 작동할 수 있다. 작은 고추가 맵다고 했다. 열등감은 전혀 다른 형태의 자신감으로 변신할 수 있는 것이다.

장 사장은 친구의 소개로 바셀린을 음경에 주사했다. 처음에는 귀두 아래의 음경 둘레가 굵어져서 신기했고 만족스러웠다. 문제는 그의 음경 크기가 누가 봐도 거대했다는 데 있다. 장 사장이 자신의 음경에 바셀린을 주사한 것은 부자일수록 돈에 더 집착하고, 문제가 없는데도 지나친 다이어트에 매달리는 경우처럼 조절 기전이 상실된 인간의 욕망이 가져오는 자기 상실의 한 예라 하겠다.

음경에 주사한 바셀린은 수술로 반드시 제거해야 된다. 바셀린을 피하에 주사하면 음경이 굵어지는 효과를 보지만 해서는 안 될 일이다. 안전성이 확립되지 않은 채 인간의 몸에 주입된 모든 이물질은 면역 반응을 일으키기 때문이다. 서서히 스며들어 조직을 파괴하고 염증을 일으킨다.

따라서 스며든 바셀린이 있는 부위의 피부를 함께 도려내지 않으면 수술 후에 염증이 지속되어 상처가 아물지 않는다. 제거 후에 피부가 얼마나 남느냐가 중요하다. 정 사장의 경우 최소한 음경 피부의 반 정도를 제거해야만 했다. 피부 이식을 권했지만 허벅지에서 이식할 피부를 가져온다는 말에 그는 다른 방법을 원했다.

결국 음경을 음낭 피부 속에 심기로 했다. 이 경우 수술을 두 번 해야 하고, 다시 성관계를 할 수 있을 때까지의 기일이 오래 걸린다는 점 때문에 그는 망설였다. 하지만 피부 이식을 원치 않았으므로 다른 도리가 없었다. 바셀린을 모두 제거하자 음경 피부의 절반이 사라졌다.

음경은 손가락이 없는 등산용 장갑을 낀 꼴이 되고 말았다. 음경 아래의 음낭 피부를 박리하여 입구와 출구가 있는 긴 터널을 아래 방향으로 만들었다. 터널 입구로 음경을 집어넣은 뒤 반대편 터널 출구로 귀두를 끄집어내어 봉합했다. 피부가 없는 음경은 터널 속에 위치했다.

음낭 피부가 음경에 뿌리내릴 때까지는 몇 달 기다려야 한다. 그동안 음낭으로 튀어 나온 귀두만으로 소변을 보아야 하니 무척 불편할 뿐만 아니고, 성관계는 당연히 불가능하다. 착상이 되고 나면 2차 수술을 해야 한다. 음경에 들러붙은 터널의 천정 피부와 함께 옆으로 음낭 피부를 넓게 도려내어, 음경을 모두 빙 둘러 싸주어야 한다. 물론 떼어내어 생긴 음낭의 결손 부위는 봉합해주면 된다.

몇 개월 동안 그가 어떻게 성관계를 향한 강렬한 욕구를 참아 낼 수 있었는지 알 수 없다. 그에게는 분명 힘든 시간이었을 것이다. 아마도 이 몇 달 동안은 부부 사이에 문제도 없고 가정의 평화가 유지되었던 것으로 보인다. 아내도 그토록 혐오하던 남편의 음경이 마치 감방에 갇힌 죄수처럼 음낭에 파묻혀 있다고 생각하니 측은한 마음이 들었을 것이다.

인간은 결국 충격적인 어떠한 계기 없이는 변화할 수 없는 존재인가 보다. 평상시에 자신을 조절하고 절제하고 발전을 도모하고 후회스런 경험보다는 선험적인 교훈을 통해 사전에 불행을 예방해나간다면, 인간은 나름대로 완전성에 근접할 수 있다. 그러나 우리 대부분은 그렇지 못하다. 그런 약점이 있으니까 자신에 대해서는 겸손과 겸양, 타인에 대해서는 이해와 배려라는 미덕 또한 주어진 것이다.

이물질을 주사한 그를 책망해야 했지만 주치의로서 그를 이해하고 배려할 수밖에 없었다. 2차 수술은 성공적이었고 상처도 잘 아물었다. 음경 뿌리는 원래 피부색인데 귀두 쪽이 음낭 피부색이라서 조금 어색했지만 만족스런 결과였다. 무엇보다도 끔찍했던 염증이 모두 사라지고 통증이 없어진 것이 다행이었다.

길고 긴 치료 과정이었다. 장 사장에게도 힘들었던 경험이었던 만큼 자신의 삶을 되돌아보는 계기가 되었을 것으로 여겨졌다. 정신의학과 면담을 여러 차례 권유했지만 그는 거절했다. 겉으로만 보아서는 큰 문제가 없어 보였다.

세월이 흐르고 장 사장이 첫 수술을 받은 지 5년쯤 지났을 때였다. 그의 모습은 같은 사람이라고 믿기 어려울 정도였다. 광대뼈가 선명한 해쓱한 얼굴. 큰 키 때문인지 훨씬 더 말라 보였다. 일견 보아서도 중병을 앓고 있는 환자처럼 보였다. 그는 머뭇거리면서 다시 찾아온 이유를 설명했는데 차마 들어주기 힘든 내용이었다.

첫 수술 후 한동안 잘 지냈지만 차츰 예전의 모습을 되찾아갔다고 했다. 그 말은 매일 한두 번 관계를 요구하였으나 아내로부터 또 타박을 받게 되자 다시 밖으로 떠돌게 되었다는 것이었다. 결국 술에 취한 객기가 다시 작동해 바셀린과는 다르다는 친구의 말에 속아 음경에 파라핀을 주사하고 말았다고 했다. 기가 막혀 말도 나오지 않았다.

피부에 바르는 바셀린은 윤활과 보습에 좋다. 바셀린은 석유를 증류시켜 남는 성분을 정제시킨 물질이기 때문에 원래 액체다. 액체 바셀린을 피부에 주사하면 넓게 주사액이 퍼지면서 스며든다.

이물질 반응이 지속적으로 일어나 육아종과 같은 형태를 나타내므로 광범위하게 조직이 파괴되는 결과를 낳는다. 파라핀은 알다시피 양초 성분이다. 양초 녹인 물을 음경에 주사한다는 것은 정상적으로는 도저히 상상하기 힘든 일이다.

바지를 내리게 했다. 이전 수술 부위를 포함하여 음경 전체에 파라핀으로 인한 염증이 보였다. 항생제를 먹고 약도 계속 발랐지만 따끔거리고 갈라져서 성관계를 할 때는 물론이고 발기가 안 된 상태에서도 상처들이 쓸리고 아프다고 했다.

그에게 이번에 정말로 피부 이식 말고는 방법이 없다는 점과 전체적인 건강검진을 할 것, 그리고 반드시 수술 전에 정신의학과 진료가 필요함을 주지시켰다. 진료를 마칠 때 일전에 알게 된 안테키누스가 떠올랐다. 호주에 서식한다는 쥐를 닮은 포유동물이다. 일생 단 한 번의 교미를 마친 뒤 죽는다고 알려졌다.

먹을 것이 없는 겨울철, 안테키누스 수컷은 무려 14시간 동안 생애 단 한번뿐인 교미에 몰두한다. 체내의 모든 단백질을 소진하고 자신의 면역력을 억제시켜 정상 조직까지 불태워 얻은 추가적인 에너지로 교미의 향연에 집착한다. 그리고 교미가 끝나는 순간 바로 죽는다.

지나친 성관계는 건강을 해친다. 술과 담배, 그리고 성관계를 매일 지속할 수는 없다. 반드시 어느 시점에 육체적으로 소진되어 심각한 질병으로 이어지게 마련이다. 정신적으로도 그런 삶을 지속한다는 것은 불가능하다.

피부 이식이 필요했기에 성형외과와 협진 수술을 계획했다. 수술하기 전에 그의 건강 상태에 대한 예상치 못한 결과들이 밝혀졌고, 수술 전날 찾아 온 아내에 의해 한바탕 소동이 일기도 했다. 정신의학과에서는 성기와 성관계에 과도한 집착을 보이지만 당장 치료가 필요한 상태는 아니라면서 퇴원 후 외래에서 추가적인 면담을 해보겠다는 내용을 전해왔다.

장 사장은 나의 강한 권유로 영상검사와 내시경검사들을 포함하여 상세한 건강검진을 받았다. 체중 감소나 몰골로 보아 반드시 뭔가 나쁜 병이 있으리라 추측했던 예상은 빗나갔고, 그의 건강에는 특별한 문제가 발견되지 않았다. 요산치가 높으니 육류를 줄이라는 정도였다. 비뇨의학과로는 요도가 좁아져서 소변이 약하게 나오는 정도였고, 전립선이나 방광과 신장도 정상적이었다.

수술 전날 병실은 온갖 욕설로 난무했다. 그의 아내는 울부짖으면서 다양한 욕설을 섞어 남편을 저주했다. 구슬프게 들리다가도 순간순간 쩡쩡 울리듯 커지는 목소리는 옆 병동까지 들릴 정도였다고 한다. 그녀가 내지른 여러 말들 중에 들었던 대부분의 사람들이 결코 잊을 수 없다고 했던 내용은 이렇다.

"제발 좀 잘라주세요. 잘라야 돼요. 잘라야 돼. 그냥 확 잘라버려!"

아들들이 찾아와 말리면서 겨우 진정시킬 수 있었다. 음경 전체에서 피부를 걷어 낸 뒤 가능한 한 조금이라도 파라핀 조직이 남지 않게 찬찬히 나쁜 조직을 뜯어냈다. 이전에 수술했던 부위는 훨씬 더 상태가 나빴다. 음경의 신경과 혈관 주변에도 파라핀은 번져 있었지만 모두를 제거할 수는 없는 노릇이었다. 성형외과에서 이만하면 이식한 피부가 붙겠다고 한 정도에서 그만두었다. 이식 부위를 다듬은 성형외과 팀은 허벅지 살에서 걷어낸 이식 피부로 음경을 감쌌다.

장 사장은 입원 기간 내내 말없이 조용했다. 간혹 피씩 웃는 정도의 모습을 보였고, 어떠한 불평이나 불만도 없이 병실 생활을 해나갔다. 자신이 보기에도 이식한 피부가 잘 착상되고 있었기에 안도하는 듯했다. 퇴원 전날 그는 그간 검사한 결과에 큰 문제가 없다는 것은 이미 알고 있었지만 앞으로 어떻게 건강관리를 해야 할지와 주의 사항 등에 관해 물었다.

이번에 회복하면 생활을 총체적으로 바꿔야 한다고 말해주었다. 절대 이물질 주사 금지. 그리고 과도한 성관계는 금할 것. 그는 수긍하면서도 원래 건강상태에 문제가 없다는 것은 알고 있었고, 단지 한 번 더 확인해 본 것이라는 식으로 답했다. 그런 자신감이 어디서 나오는지 순간 궁금하여 물었더니 그의 대답은 놀라웠다. 자신의 건강 비결로 성관계를 꼽았다. 나는 더 이상 말을 잇지 못했고 고개를 좌우로 설레설레 젓다가 방을 나설 수밖에 없었다.

수술은 성공적이었고, 그의 음경은 새로운 피부로 감싸졌다. 오랜 기간 도뇨관을 넣어야했던 지난 병력 탓인지, 아니면 그가 여러 번 앓았던 요도염 탓인지는 모르겠으나 요도가 좁아져 소변줄기가 약해졌다. 그 후 장 사장은 몇 차례 요도를 넓히는 수술을 받았다. 그 과정에서 음경이 음낭 쪽으로 꼬부라지는 음경만곡이 생겨 교정 수술도 한 차례 시행했다. 왕왕 요도 입구가 들러붙어 소변이 바늘 굵기 정도로 가늘어졌고, 그때마다 기구로 넓혀주어야 했다.

진료실에 올 때마다 다시는 음경에 이물질을 주사해서는 안 된다는 것을 주지시키고, 너무 과도한 성관계에 탐닉하지 말라는 당부를 해두었다. 그는 내 말을 대충 흘려들었고, 자신은 아무 문제없다는 묘한 자신감에 찬 표정으로 묵언의 반박을 하는 듯했다.

나는 이 요란한 남성을 감싸주고 넓혀주고 각도를 바로잡아주고, 또 입구를 벌려주는 등 온갖 정성을 다해 도와주었다. 그러면서도 과도한 성관계가 건강 유지의 비결이라는 그의 해괴한 논리는 결단코 잘못된 것이라 믿었다. 그렇지만 그것을 과학적 증거로 반박할 만한 어떠한 검사 결과도 그의 건강 검진에선 찾을 수 없었다. 단지 바셀린과 파라핀을 모두 졸업했으니 더 이상 그가 주사할 이물질이 없다는 것에 안도할 뿐이었다.

4

치료자는 바로 당신

매일같이 신약이 출시되고,
병원은 그들의 임상 시험장이다.
아스피린이 한때 만병통치약처럼 처방되었고,
지금은 콜레스테롤을 낮추는
스타틴(Statin) 계열의 약들이 그 지위를 누리는 듯하다.
비타민D도 인기 상승 중이다.
무수한 약들, 그들이 지닌 약효들,
그 중 가장 위대한 효력을 발휘하는
한 알의 약은 과연 무엇인가?

연구실의
플라톤(Plato)과 니체(Nietzsche)

01

플라톤은 세상의 모든 것을 불완전한 존재로 보았다. 그는 사물의 원인이나 본질이 현상 세계 밖의 세상인 이데아(idea)에 있다고 하였다. 우리는 동굴 속에 살고 있으며, 보이는 모든 것은 동굴 밖 이데아의 세계로부터 들어오는 희미한 불빛에 비쳐진 그림자일 뿐이라는 것이다. 플라톤이 말한 이데아는 의인화된 신의 경지를 넘어선 본질이며 이성만으로 구상 가능한 완전무결한 것이다. 그 중에서도 도덕과 선의 이데아에 지고한 가치를 부여했다.

의학은 질병의 유전적 원인을 규명하여 새로운 치료제를 개발한다. 암의 정복이 머지않았다는 섣부른 신문 기사도 심심찮게 볼 수 있다. 유전자의 복제 과정은 기호화된 신의 언어처럼 신비롭다. 그러나 수많은 질병의 원인은 유전자의 변형이나 변이에 기인한다. 인간의 유전자, 그것은 플라톤이 포착한 바와 같이 연약하고 불완전한 존재다.

그는 남들과 달리 X염색체를 하나 더 가지고 있다. 사랑하는 여인을 만나 결혼도 했다. 불임으로 정액검사를 해보니 무정자증이었다. 1942년 해리 클라인펠터는 큰 키에 작은 고환과 성기, 그리고 여성형 유방을 가진 일군의 남자들을 인지했다. 그들의 딱딱한 고환은 테스토스테론을 잘 생산하지 못하고 정자를 만들지 못한다.

이러한 증상들은 발견자의 이름을 따라 클라인펠터 증후군(Klinefelter syndrome)으로 명명되었다. 추후 유전자검사를 통해 이 증후군을 보이는 사람들은 47XXY의 염색체를 지닌 것으로 밝혀졌다. X염색체를 하나 더 가진 성염색체 이상 증후군이다.

동굴 속 연구실 벤치에서 실험은 계속된다. 질병의 원인을 규명하여 치료 물질을 개발하고자 하는 연구자들의 노력이 이어진다. 합성 테스토스테론의 개발은 남성호르몬 결핍을 보이는 환자들에게 새로운 삶의 희망을 주었다. 곳곳에서 암의 원인이 되는 유전적 변이들이 발견된다. 이를 진단하는 유전자 키트나 치료제의 개발은 엄청난 경제적

수익을 가져올지도 모른다.

그러나 그 어떠한 것도 완벽한 치료가 되지 못한다. 불완전한 인간의 유전자를 대하는 과학적 이성은 절망한다. 완전무결한 근원적 치료를 꿈꾼다. 이데아의 탄생이다.

그는 현대 의학의 덕택으로 테스토스테론 주사를 석 달마다 주기적으로 맞게 되면 사는데 큰 문제가 없다. 단, 불임의 해결은 일부에서만 인공 수정 등의 방법으로 가능하다. 물론 근원적인 유전학적 치료는 불가능하다. 염색체검사는 나름대로의 개별적 존재로 살아가던 그를 유전질환자로 분류했다. 그는 술도 담배도 하지 않았다. 그의 잘못이 아니다. 단지 불완전한 인간 유전자의 속성에 따른 우연한 결과다. 정상이라고 불리는 많은 46XY 남성들이 살아가며 겪게 될 유전자 변형과 변이를 수정이라는 최초의 순간에 겪었을 뿐이다.

그는 새삼 유전질환자가 되어 지금껏 살아온 세상으로부터 괴리되는 듯한 고독과 불행에 휩쓸려 들었다. 비단 클라인펠터 증후군만이 아니다. 이 세상에 존재하는 모든 유전적 이상이나 질병에 맞닥뜨린 사람들의 공통된 느낌이다. 몇 년 전 출산 후 휴직 중이던 산모가 자신의 아들이 클라인펠터 증후군으로 확인되자 생후 1개월 된 아들과 동반 자살했다는 안타까운 소식도 있었다.

그는 첫 호르몬 주사를 맞을 때 자신만이 불완전한 인간이라 여기며 절망했다. 다음 번 주사를 맞을 때는 진단을 받기 전까지 자신이 불완전한 인간임을 몰랐다는 사실에 절망했다. 그 후 마침내 그의 생각은 막다른 곳에 머무르고 말았는데, 그것은 주사가 결코 그를 완전한 인간으로 만들 수 없다는 사실이었다.

그는 점차 자신과 주변을 되돌아보면서 자신이 내던져진 이 세상 자체와 살아가고 있는 모든 자들의 불완전성을 인정하게 되었다. 마음은 편해졌고 비로소 자신에게 불필요하게 덧씌워진 X염색체를 용서하기에 이르렀다. 육체보다 지고한 영혼에 방점을 두고 세상보다 월등한 불멸의 세계를 동경하기에 이르렀다.

이데아는 서양의 중세 시대에 신의 모습으로 의인화된다. 신은 수백 년의 세월 동안 완전무결한 보편적 존재로 군림하였고, 이성은 동굴 밖 신의 목소리에 주목하였다. 억눌려온 감성은 르네상스를 불러들였다. 인간은 동굴 속 자신에게로 되돌아와 고뇌했다. 이성은 관념의 늪 속으로 빨려 들었고, 과학만이 모든 것을 해결해 줄 것으로 믿었다.

숨 막히는 근대의 태동기에 니체는 "신은 죽었다"고 외치며 인간의 이성이 쌓아 올린 관념의 탑을 허물었다. 또한 과학을 진리를 위한 염원이나 목적도 없이 오직 단정하고, 기술해나가는 열정이 부족하며 이상이 결여된 학문이라 비판했다. 이성보다 감성의 편에 섰던 니체는 보편성의 확립보다는 우연성과 개별성을 중시했고 신념과 의지로 운명과 맞서 싸우며 삶의 진리를 끊임없이 추구해나가는 초인이 되고자 했다.

클리닉을 방문하면서 나이도 들어갔다. 주사를 맞으면서 신체적 변화와 정신적인 개선을 느꼈다. 쳇바퀴 돌 듯 돌아온 어느 주사 맞던 날, 한 순간에 그는 자신의 삶 자체를 긍정하기에 이르렀고 스스로의 운명을 받아들였다. 세상은 주사를 맞고 달라진 자신의 신체만큼이나 변화하는 대지였다. 삶은 생명 속에 지속되었는데 새로운 느낌들이 끊임없이 출렁거렸다. 그 속에서 어렴풋이 생성되는 것들은 운명을 살아낼 새로운 힘, 그리고 의지 같은 것이었다.

연구실의 플라톤에게 유전자는 불완전하기 짝이 없는 존재다. 그는 유전자의 이데아를 상정한다. 이성만이 그려낼 수 있는 한 치의 오차나 어떠한 실수도 용납되지 않는 완벽한 형태의 보편적인 형질 전달 기호체계. 그것의 실현은 이 세상에선 불가능하다. 순간 자신이 떠올려본 그 유전자의 이데아를 의심한다.

하지만 그는 도덕과 선의 이데아를 무엇보다도 신봉하는 사람이다. 선은 모든 이데아를 아우르는 최고 가치의 이데아, 이데아들의 왕이다. 그의 연구 논문에는 억지 주장과 짜깁기가 없다. 고의적인 누락이나 생략, 일체의 날조나 허위를 거부한다.

연구실의 니체는 영원 회귀처럼 반복되는 유전자의 변이 앞에서 인간의 개별성과 우연성을 운명처럼 받아들인다. 순간, 삶은 그 자체로서 긍정되고 이성이 투영해 온 부정적 삶은 긍정적 모습으로 변모한다. 창조적인 연구를 이어갈 힘의 의지는 비로소 내부로부터 발휘되기 시작한다. 실험들은 차이를 나타내고 그 차이들은 이어지는 실험에서 반복된다. 그의 연구 논문은 드러난 차이와 반복을 기술한 생성의 기호학이다.

플라톤과 니체는 각기 이성과 감성을 대변한다. 인간 본성의 양면을 수평과 수직으로 잘랐다. 따로 똑같은 것. 이 양면성은 한 사람 안에서도 서로 뒤섞여 끊임없이 출렁이며 부딪치기도 한다. 도덕 철학자 플라톤은 불완전한 인간들을 불멸하는 영혼이 기거하는 천상으로 안내하여 위로했다. 생성의 철학자 니체는 대지를 밟고 선 인간들에게 "너의 운명을 사랑하라"고 외친다. 인간 스스로 초인이 되어 순간순간을 이겨내고야 마는 열정적 삶에 대한 서사시를 그려냈다.

다음과 같은 클라인펠트 증후군에 대한 안내문이 새롭게 작성되었다. 작성자는 유전체 연구소 플라톤과 니체였다.

현재로서는 유전자 변이에 대한 근원적 치료는 불가능하다. 이는 성염색체 이상 증후군뿐만이 아니고 모든 유전적 변이에 기인하는 질병에 공통적인 사항이다. 의학은 불완전한 것이다. 그러나 남성호르몬 주사 요법과 정기적 진료를 통해 건강한 삶을 영위해 갈 수 있다. 대체로 사춘기 2차 성징이 없거나 여성형 유방, 불임 등으로 늦게 진단되는 경우가 많다. 조기 진단되더라도 12세 경부터 테스토스테론 요법을 시작한다. 드물게 존재하는 임신 가능성은 클리닉에서 확인해보아야 한다. 여성형 유방으로 불편한 증상이 생길 때 수술적 치료가 도움을 줄 수 있다.

정도에 따라 언어와 행동 치료를 병행하는 것이 사회 적응력을 높일 수 있다. 자신의 문제를 우연한 것으로 받아들이는 긍정적 태도와 꾸준한 치료에 대한 본인의 의지가 무엇보다 중요하다. 성염색체 이상은 인간에게 일정한 확률로 지속적으로 발생하는 것이므로 이들에 대한 사회적 포용과 적극적인 공적 치료 지원이 필요하다.

그는 3개월 간격으로 병원을 방문하여 간단한 검진과 테스토스테론 주사를 맞는다. 근력이 향상되었고 내분비 기능을 포함한 전반적인 건강이 향상되면서 처음 진단받았을 때보다 기분도 한결 나아졌다. 큰 키에 여성스런 그의 성격은 자신이 하고 있는 사업과도 잘 맞아 안정된 생활을 하고 있다.

아내도 어쩔 수 없이 받아들이게 된 딩크족(double income no kid, 부부 모두 경제활동을 하면서 자식은 없음)의 삶에 적응하느라 노력 중이라고 한다. 입양을 권유했으나 아직 나이가 있으니 차차 고려해보겠다고 했다.

그의 모습을 볼 때마다 아기와 자신의 삶을 극단적인 행동으로 마감한 산모의 뉴스가 더욱 안타깝게 생각난다. 신생아 유전체 선별검사에는 특별한 윤리적 기준이 적용되어야 한다. 조기 진단으로 치명적인 결과를 예방할 수 있고, 치료 효과가 극대화되는 선천성 대사 질환이나 유전 질환으로 그 적용 대상을 엄격히 제한해야 한다.

선천적 장애를 따뜻하게 품지 못하는 사회에서 젊은 부

모의 막연한 근심을 미끼로 무분별하게 이루어지는 상업주의적인 유전체 선별검사는 심각한 윤리적 문제를 내포하고 있다. 클라인펠터 증후군으로 진단되면 사춘기 전에 테스토스테론 요법을 시작하면 된다. 부모들에게 충분한 정보와 지식의 제공 없이 조기 진단이 치료적 이익을 주지 못하는 질환이나 유전적 이상을 무턱대고 찾아내어 결과만을 제시한다면, 이런 비극은 반복될 것이다. 신생아 유전체 선별검사의 이데아는 인간의 막연한 두려움과 상업적 이윤에 있지 않다. 최소한 그것은 선, 도덕적 테두리 안에 존재할 것이다.

우리는 어두컴컴한 동굴 속 연구실에서 인간의 유전자를 연구하고 케플러 망원경을 우주에 띄워 바라본다. 인간 게놈 지도는 이미 밝혀졌다. 그러나 그것은 뜻풀이가 적혀 있지 않은 채 단어만 순서대로 나열된 의미 없는 사전일 뿐이다. 유전자들의 생동감 넘치는 배열과 자유로운 조합, 그 입체적 몸짓을 따라 펼쳐지는 신비로운 신호 전달과 단백질의 합성에는 알 수 없는 신의 암호가 다차원적으로 내장되어 있다. 그 의미를 밝히는 일은 영원한 숙제로 남는다.

인류의 최대 걸작품, 케플러 망원경이 담아내는 우주의 빛은 칠흑처럼 어두운 밤에 산맥을 걸어가는 외로운 여행

자의 손전등에 비춰진 풍경일 뿐이다. 과학을 신봉한 인간은 그 과학에 의해 겸손한 존재가 된 셈이다. 만약 우주 자체가 하나의 동굴이라면 우리는 그 바깥에 있는 이데아를 영원히 볼 수 없을 것이다. 이성의 상상력으로도 포착될 수 없는 거대한 그 무엇인가가 이데아라면 이제는 놓아주어야 한다.

어쩌면 우연성과 불규칙성이 세상의 본질인지 모른다. 새로운 발견은 새로운 의문으로 이어진다. 과학적 이성은 늘 차이를 발견하는 반복의 장에 놓일 것이다. 영원히 반복될 그 순간에 삶을 긍정하고 감성을 키워나가면 새로운 힘과 의지가 내부로부터 생겨나는 것을 느낄 것이다.

역설적이게도 완전무결한 이데아는 우리로 하여금 불완전성을 깨우치게 하여 겸손과 포용을 갖추게 함으로써 본질에 대한 이해를 돕고자 하는 것인지도 모른다. 오늘도 연구실의 플라톤과 니체는 미량 피펫을 들고 인간의 유전자가 담긴 시료를 빨아올린다. 교차되는 이성과 감성 속에 정의로운 생성을 꿈꾸며….

운동 같은 사랑

오래 전 한여름의 열기가 절정에 달할 때였다. 그 부부는 체육대학 선후배 사이였다. 남자는 수영, 여자는 육상 선수였다. 그리 유명한 선수들은 아니었다. 남자 쪽 집안이 꽤 부유했다. 방문하기도 전에 진료를 잘 부탁한다는 전화가 몇 통 걸려 왔다. 젊은 부부가 함께 남성 클리닉을 찾는다는 것은 흔치 않은 일인데 전화까지 미리 걸려 왔으므로 약간 부담스럽기도 했다.

들어보니 장남이었던 그가 결혼하고 몇 년이 지났는데도 아직 아이가 없어 양가 부모들의 걱정이 크다는 내용이었다. 대충 남자 쪽의 불임 문제일 것으로 짐작되었다. 그런데 직접 만나 부부의 이야기를 들어보니 미리 전해들은 것과는 상당히 다른 내용이었다.

둘은 대학에서 운동을 하며 만났다. 수영장이나 체육관에서 종종 마주치면서 알게 되었고 운동을 함께하는 사이가 되었다. 힘든 훈련 과정을 이겨내는데 서로 도움을 주면서 자연스레 연인 관계로 발전했다. 대화도 주로 운동에 관한 내용이었고, 데이트를 하더라도 실내 암벽 타기나 스핀바이크처럼 격렬한 운동을 함께하는 경우가 많았다.

영화를 보거나 놀러 다닐 때도 있었지만 체육관에서 근력 운동을 서로 도와줄 때 오히려 더 편안한 느낌이었다고 한다. 조금 지루하다 싶으면 테니스와 탁구, 볼링과 같은 구기 종목도 즐기는 등 가만히 있기보다는 무언가 계속 함께하며 움직이는 것에서 몰두했다.

그날도 부부는 둘 다 흰색 반팔 티셔츠를 입고 왔는데, 겉으로 풍기는 인상만으로도 운동 좀 한 사람들임을 한 눈에 알 수 있었다. 참으로 죽이 잘 맞는 건강한 젊은 부부란 느낌이 들었지만 이야기가 침실로 흘러가자 조금씩 이상해졌다. 먼저 여자가 분명히 해두려는 듯 또렷한 목소리로 말했다.

“교수님, 절대 저희들의 이야기를 부모님들께는 하지 말아주세요.”

부부 사이는 당사자 말고는 아무도 모른다. 다른 인간관계와는 확연히 구별되는 부부 사이는 내밀한 것이어서 둘만의 비밀 속에 형성된다. 그러한 비밀은 부부 사이를 유지시키고 특수한 관계를 형성해내는 힘이기도 하다.

이런 내밀함과 비밀스러움으로 인해 문제가 쌓여도 잘 드러나지 않는 폐쇄성을 지니게 되는 것도 사실이다. 비밀의 빗장 뒤에 잠복된 문제들은 어떠한 계기를 통해 강제로 끄집어내지 않는 한 그 실체를 알 수 없고 해결되지도 않는다. 그 빗장을 먼저 푼 것은 남자였다.

"교수님, 저희들 한번 관계를 가지면 두 시간이 넘어야 끝납니다."

"무척 힘드시겠네요?"

그의 말에 의하면 둘의 관계는 이미 성관계가 아닌 격렬한 운동의 형태를 닮은 것이었다. 관계 횟수도 놀라웠지만 관계하는 시간이 번번이 두 시간을 넘는다는 것은 엄청난 체력을 요한다. 일반적으로 한 번의 성관계는 100미터 거리를 전력 질주하는 정도의 체력을 소모한다. 그는 마라톤 풀코스를 침대 위에서 매번 뛰고 있는 셈이었다. 비밀을 듣자마자 우선 근심이 되었던 것은 남자의 건강 상태였다. 아마 일반인이 그런 정도의 성관계를 갖는다면 심각한 신체 문제를 야기하고도 남았을 것이다.

내가 체력이나 영양 상태와 같은 건강 문제를 언급하자 그는 보약이나 홍삼을 자주 먹고 비타민과 같은 영양제를 다수 복용하고 있다고 대답했다. 얼마 전에는 개인 병원에서 종합 검진을 받았는데 건강에 큰 문제는 발견되지 않았다고 한다. 발기 능력을 묻는 질문에 대해서는 무척 자신감에 찬 모습으로 아무런 이상이 없다고 했다. 그런데 사정도 잘 이루어지는지 물었더니 남자의 표정이 갑자기 어두워졌다. 그는 모든 게 자신의 잘못이라고 하면서 근육질의 팔을 교차하여 양손으로 이두박근을 주무르며 고개를 숙였다. 사정을 못한다는 것이었다.

대화가 이쯤에 이르자 듣고 있던 여자의 얼굴이 붉어졌다. 손을 옆으로 내밀어 엄청 굵은 자기 남편의 허벅지 근육을 움켜쥐면서 여자가 말했다.

"아닙니다. 다 제 잘못입니다. 결혼 초에는 사정을 몇 번 잘 했는데 제가 너무 빠르다고 불평했더니 점차 관계하는 시간이 길어지면서 결국 못하게 되었습니다."

"관계 시간이 길어 힘들지는 않으셨나요?"

"운동으로 만난 사이라서 관계도 운동하듯이 했던 것 같습니다. 결혼 전처럼 밖에서 같이 운동할 기회도 많지 않았고요. 저는 남편이 사정을 못한다는 것은 알고 있었지만 심각한 문제로는 생각하지 않았습니다."

대충 알았다. 사정 장애였고, 그 중에서도 비교적 드물게 나타나는 지루증이었다. 사정을 해본 적도 없고 할 수도 없는 사정 불능증에서부터, 자위를 통해 사정은 가능하지만 질 내에 사정을 못하는 경우까지 지루증도 다양하다. 남자에게 따로 물어볼 말이 있어 여자에게 잠시 나가 있도록 했다.

남자는 예상대로 자위로는 사정이 잘 된다고 했다. 다른 상대와 관계를 해본 적 있었는지도 물어보았다. 그는 조심스럽게 입을 열었다. 한두 번 있었는데 사정에 문제가 없었다고 했다.

드디어 부부 사이의 비밀 속으로 너무 깊게 들어왔다. 그 비밀 속에 또 다른 빗장을 치고 있던 혼자만의 비밀까지 들춰내고 만 것이다. 부인이 결혼 초 사정이 빠르다고 불평해서 힘들었냐고 물었더니 그건 아니라고 했다. 단지 부인이 성관계를 할 때 너무 적극적으로 행동하고 힘도 세어 서로 경쟁하는 듯한 모습이 연출되는데, 그때마다 사정할 순간을 놓치고 만다고 했다. 마치 스핀바이크를 누가 더 센 강도로 더 오래 타는지 시합이라도 하는 것 같을 때가 많다고 했다. 만약 사정을 해버리면 게임에서 지는 것처럼 여겨져 자꾸 참다보니 이렇게 된 것 같다고 했다.

나는 신체적 문제로 야기되는 기질성 지루증은 분명 아니며, 둘 사이의 화끈한 태도로 보아 복잡한 심리적 문제가 개입된 것도 아니라고 판단했다. 따라서 부적절한 성적 자극, 틀에 박힌 관계의 형태, 파트너의 과도한 반응, 습관적인 사정 연기 등으로 야기된 2차성 지루증으로 결론 내렸다.

여자로서 아내의 매력이 어떤지 마지막으로 물었다. 평소에는 다 좋은데 아내가 성관계를 갖기 전에 옷도 제대로 입지 않은 상태에서 스트레칭과 같은 체조를 하는 것이 영 맘에 들지 않는다고 했다. 아내의 체조는 무슨 신호 같은 것이 돼버려서 자신도 준비를 해야 하는데 부담스러울 때가 많다고 했다.

여성과도 따로 면담 시간을 가졌다. 그녀는 참담한 표정이었다. 처음에 사정을 잘 했던 남편을 윽박질렀던 것에 대한 죄책감을 지니고 있었다. 그 후 자신은 남편의 사정에 도움을 주기 위해 긴 시간도 참아냈고, 적극적으로 자극을 주려다 보니 과도한 행동이 연출된 것이라고 했다. 무척 조심스럽게 그녀에게 조언을 몇 마디 해주었다.

그것은 사실 불감증을 보이는 여성 환자를 위해 해당 남편에게 좀 더 분위기에 신경 써줘야 한다면서 해주는 충고들과 비슷했다. 남편을 위해 에로틱한 분위기를 연출해줄 것을 요청했다. 너무 과도한 행동이나 적극적인 동작은 오히려 남자들에게 부담이 될 수 있다는 점도 설명해주었다.

그녀는 나의 조언들을 귀담아 듣는 듯 했고, 중간 중간 고개를 끄덕이면서 공감을 표시하기도 했다. 분위기를 살리는 여러 방법들도 쉽게 받아들이면서 자신도 그런 정도라면 잘 해낼 수 있을 것 같다는 자신감을 내비치기도 했다. 그리고 결혼 초 빠른 사정에 대해 불평했던 것이 남편을 저렇게 만든 건 아니라고 강조해주었다. 또 남편이 아내를 사랑하지 않고는 이런 성관계를 지속한다는 것이 불가능했을 것이라고 덧붙였다. 그녀는 자신이 연애할 당시부터 여성스러운 곳이라곤 전혀 없었다면서 이렇게까지 된 마당에 지금부터라도 여러모로 신경을 써보겠다고 다짐했다.

마지막으로 두 사람을 마주하면서 당부했다. 무엇보다도 예전처럼 운동은 밖에 나가서 하도록 일렀다. 침실에 비치된 운동기구들을 모두 치우고 환경을 새롭게 꾸며 보도록 제안했다 침대를 운동 같은 사랑을 겨루는 사각의 링이 아닌 서로를 교감할 수 있는 안락한 공유의 장소가 되게 노력해보라고 했다.

또한 습관적 형태에서 벗어날 수 있도록 관계 횟수를 대폭 줄여 일주일에 두 번으로 제한시켰다. 발기에는 문제가 없으므로 서로가 이해하고 협조하면 의외로 쉽게 해결될 수 있다는 점을 강조해주었다. 침실에서 관계를 시작할 때는 둘 다 경쟁하는 마음을 버리고 서로 배려하고 아끼는 마음으로 분위기에 신경을 쓰도록 했다. 부부 관계는 운동이 아니라 사랑이므로 운동 강도가 아니라 강한 성적 자극이 교감될 수 있도록 노력해보라고 권했다.

남자와 여자는 잘 알겠다면서 마주보았고 서로 맞잡고 있던 손을 꽉 쥐며 치켜세웠다. 그러자 두 팔뚝 위로 근육들이 툭 불거져 나왔고, 두 손등 위로는 시퍼런 혈관들이 선명했다.

검사만으로도 치료 1

변화는 어느 순간 찾아온다. 점진적인 변화도 있지만 순간의 사건에 따라 급진전되는 경우를 역사 속에서도, 개인의 삶에서도 쉽게 발견할 수 있다. 나태하던 아이가 갑자기 공부하게 되는 것도, 돌아섰던 부부가 다시 손잡고 행복하게 살게 되는 데에도 무언가 큰 계기가 있기 마련이다. 뉴턴은 떨어지는 사과를 보면서 만유인력의 법칙을 발견했다. 원효는 토굴에서 마신 바가지 속의 물이 잠에서 깨어보니 결국 무덤 속 해골에 고인 물이었음을 알고는 모든 현상은 인식일 뿐이고, 진리는 마음속에 있음을 깨달았다.

벌써 20년이란 세월이 흘렀으니 그 예쁘장하던 부인도 예순의 나이를 넘겼을 테다. 1998년 가을, 마흔 중반의 부인이 산부인과를 거쳐서 남성 클리닉을 방문했다. 남들보다는 상당히 빠른 시기에 폐경기가 찾아 와서 산부인과에서 여성호르몬 치료를 벌써 5개월째 받아오던 환자였다. 남편과는 여덟 살 차이로 연애결혼을 하였고, 당시 결혼 생활 23년째로 가정에는 아무런 문제가 없었다. 남편은 발기 상태도 좋았고 부인에 대한 애정도 변함없었다.

문제는 부인이었다. 폐경이 찾아온 뒤 가슴이 답답하고 심장이 자꾸 펄떡펄떡 뛰는 것 같아 힘들다고 했다. 열흘 전에 남편이 요구해서 억지로 부부 관계를 했지만 아프기만 하고 전혀 재미가 없었단다. 평소에 에스트로겐 여성호르몬 질정을 주 2회 질에 삽입하는 치료도 받아 왔지만, 부부 관계를 할 때 전혀 도움이 되지 않았을 뿐만 아니라 애당초 흥미조차 느끼지 못한다고 했다.

부부 관계는 고사하고 평소 집안일을 하는 동안에도 밑이 조이면서 아파온다고 호소했다. 대개 일주일에 수요일과 일요일 두 번 부부 관계를 하게 되는데, 아프다보니 자연히 회피하게 되고 남편마저 싫어진다고 했다. 흔히 나타나는 폐경기 여성 성기능 장애였다.

며칠 후 다시 온 환자는 보다 전문적인 검사에 들어갔다. 회음부의 혈류 상태를 측정하기 위해 도플러 초음파검사를 시행하였다. 검사 결과에서 특별하게 외부 생식기의 혈류 장애는 없었다. 하지만 성교를 할 때 질 분비물의 분비를 촉진하고 성감을 증가시킬 목적으로 경구용 발기부전 치료제를 처방하기로 했다.

환자는 예정된 날짜보다 훨씬 전인 나흘 만에 다시 클리닉으로 왔다. 도저히 힘이 들어 예약 날짜까지 기다리지 못하고 빨리 왔다면서 다급한 심정을 호소했다. 병원에서 검사한 다음 날부터 처방 받은 약을 복용하지도 않았는데 갑자기 성욕이 증가하면서 남편과의 성관계에서 하루 밤에 3회의 오르가슴을 느끼고 말았다는 것이다. 다음날도 역시 연속해서 세 차례 오르가슴을 느낄 수 있었다고 했다. 평소와 다르게 부인이 적극적으로 즐기는 것 같아 남편도 힘이 들지만 기꺼이 부인의 요구에 응해준 모양이었다.

그런데 연속 3일째 되는 날 남편이 퇴근하자 또 관계를 요구하고 싶었지만 남편이 굉장히 피곤해 하는 것 같아 도저히 더 이상 요구를 못하였다고 한다. 하지만 환자는 욕구를 억제하느라고 매우 힘이 들었기에 신체에 무슨 이상이 생긴 게 아닌지 심한 걱정이 일어 다음날 바로 클리닉을 찾았다는 것이다. 당혹스럽게도 환자는 자기가 갑자기 이렇게 이상해진 것은 병원에서 검사를 한 이후이니까 다시 원상 복구를 해달라고 요구했다. 그러지 않으면 도저히 힘들어 못 살겠다고 했다.

난감한 상황이었다. 치료적인 면에서 보면 대성공임이 틀림없었지만 환자의 반응이 정반대였다는 점이 문제였다. 이런 상황을 원상 복구시키는 방법은 남성의학 교과서나 논문을 찾아봐도 없었다. 자초지종을 듣고 나니 환자는 분명 초음파검사 전의 그녀와는 판이하게 달라진 상태였다. 성욕도 전혀 없고 외성기의 불편감으로 성관계를 거부하게 되면서 남편과도 멀어지는 것 같다고 하던 환자의 모습은 온 데 간 데 없었다.

이를 어쩌나하며 망설이다가 흥분된 자극이 시간이 가면서 점차 안정될 것이라고 안심부터 시켰다. 그리고 환자가 가져온 비아그라를 회수하였고, 용량이 낮은 안정제를 처방한 뒤 귀가시켰다. 클리닉을 나서는 환자의 뒷모습을 바라보면서 치료 효과가 너무 세어서 쩔쩔매는 내 자신의 모습에 실소를 자아낼 수밖에 없었다. 아무쪼록 극과 극을 오가는 그녀가 어느 적절한 지점에 안착하기를 바라는 심정이었다.

열흘이 지나고 다시 찾아온 환자는 조금 안정되어 보였다. 가끔 가슴이 흔들거리기도 하고 또 아래가 움직이는 것을 느끼는데, 그럴 때 남편이 옆에 있으면 관계를 요구한다고 했다. 이런 부인의 변화에 놀라워하면서도 남편은 전과 달라진 아내를 더 좋아했고, 그럴 때마다 그녀는 오르가슴으로 이어지며 극치의 순간을 느낄 수 있었다고 한다.

환자는 결혼한 지 20년을 넘겼지만 오르가슴을 느낀 것은 클리닉을 방문하면서부터였다고 했다. 그 전까지의 성교는 정상 체위에서 남편이 5분여 만에 사정을 해버리면 끝이었다. 환자는 아프기만 하고 극치감 같은 것은 느껴본 적이 없었다. 그냥 여느 부인네들과 마찬가지로 남편만 좋으면 그만으로 알고 지내왔던 것이다.

이제 환자는 낮에 일을 할 때에도 무단히 클리토리스나 질전정부(膣前庭部)가 간질간질하면서 움직이는 것 같아 신경이 쓰일 때도 있지만 성적으로 매우 예민해진 자신을 추스르면서 그럭저럭 생활해 내고 있었다. 그리고 남편의 테크닉이 워낙 시원찮아 평범한 방법으로는 오르가슴에 도달하기는 어려웠지만 처음 만났을 때의 좋은 감정이나 그 외의 에로틱한 순간들을 머릿속에 상상해보거나, 남편으로 하여금 자신의 성감대인 가슴을 만지도록 하는 등 관계를 할 때 적극적으로 행동함으로써 오르가슴에 도달할 수 있다고 했다.

적절한 지점을 찾아내고 달라진 자신의 상태를 받아들이면서 행복한 성생활을 이루어 나가는 환자를 보면서, 황급히 다시 찾아와 원상 복구시켜 놓으라고 화낼 때 느꼈던 당혹감은 흐뭇한 기억으로 바뀌었다. 하지만 그처럼 간단한 검사만으로 어떻게 그런 확실한 치료 효과가 나타났는지에 대한 의구심은 더 커져만 갔다. 신비로운 인간의 몸은 가끔 기적 같은 일을 만들어내기도 하는 것 같았다. 방치되었거나 숨겨진 재능도 어떠한 계기로 훨훨 타오를 수 있듯이 말이다.

치료 효과가 너무 커서 걱정해야만 했던 한 특별한 환자를 통해, 검사만으로도 치료가 될 수 있구나 하는 생각을 해보게 됐다. 클리닉을 찾았던 일이 그녀의 몸에는 뉴튼의 사과, 원효의 해골 바가지였는지도 모른다. 간단한 초음파 검사가 환자의 잠자던 감각을 어떻게 깨워냈는지는 명확히 알 수가 없었지만….

검사만으로도 치료 2

변화한다는 것은 어떤 적극성과 의지의 표현이기도 하다. 누구에게나 기회는 찾아오지만 그것을 변화의 계기로 만들지 못하는 것이 다반사다. 적극적으로 임하는 자세나 태도가 없다면 어떠한 충격이나 자극도 자신을 위한 변화의 계기로 승화시킬 수 없다.

인류는 멍하니 떨어지는 사과를 바라보고 있었지만, 늘 자연 법칙의 탐구에 적극적으로 몰두하였던 뉴턴만이 만유인력의 법칙을 발견할 수 있었다. 세상을 관통하는 진리에 대한 집착과 열정이 있었기에 원효는 우연히 마주친 해골 속의 물을 보면서 우주와 현상에 대한 혜안을 가질 수 있었던 것이다.

폐경과 함께 찾아온 불감증과 성교할 때의 통증, 그리고 이러한 성기능 장애 때문에 나빠진 남편과의 관계로 힘들어했던 한 여성 환자. 그녀는 간단한 도플러 초음파검사를 받은 뒤 별다른 치료도 없이 잠재되었던 성적 능력이 과도하게 되살아나 오히려 이전 상태로 복구해달라는 다소 황당한 요구를 해올 정도로 용솟음치는 성욕과 성기능을 감당하지 못해 난감했던 시기를 겪기도 했다. 안정제를 처방하여 그녀의 원상 복구 요구를 간신히 무마했고, 환자 스스로도 자신의 변화를 받아들이게 되면서 어느 정도 적응해 나갔다. 그러나 간간히 힘든 날들이 찾아와 무던히 자신을 괴롭히곤 했다.

그런 세월을 보내던 중 오랜만에 환자가 다시 클리닉을 찾았다. 이따금 솟구치는 성적 욕망으로 힘들었지만 그럭저럭 자제하면서 남편의 도움으로 잘 지냈다고 한다. 그런데 언제부터인지 어깨 관절이나 클리토리스에 이상한 통증을 느끼기 시작했다고 한다.

특히나 이번에 다시 클리닉을 찾게 된 주된 이유는 자신의 성욕에 대한 새로운 근심거리가 생겼기 때문이라고 했다. 앞으로 성욕이 줄어들게 되면 어떻게 하나 하며 무척이나 염려했고, 성욕 유지를 위해 처방해줄 것을 요구하여 잘 설명한 뒤 남성호르몬 치료를 해보기로 했다.

그런데 가뜩이나 성욕이 높았던 상태에서 남성호르몬제까지 복용하게 되자 환자는 주체할 수 없는 성욕과 신체적 변화를 겪을 수밖에 없었다. 그런데 그 후 클리닉을 오가며 환자가 호소한 증상들은 매우 특징적인 것들이었다. 어깨나 클리토리스에 느껴졌다는 통증은 사라졌지만, 음핵과 질의 전정부가 간질간질하면서 무언가가 계속 꿈틀거리듯이 움직이는 것 같아서 하루 종일 일도 못 할 때가 있다고 했다.

그 바람에 화가 날 정도라면서 새로운 불만을 호소했다. 그런 증상들은 특히 책상다리와 같은 자세를 취하면 자주 나타난다고 했다. 그래서 일단 환자를 안심시키고 난 뒤, 남성호르몬 치료는 중단하고 경과를 관찰하기로 했다.

그 이후 한 달 만에 환자는 지난 달 4회의 성관계를 가졌는데 그 중 한 번만 오르가슴을 느꼈다면서 극치감을 느끼는 빈도가 줄어든 것을 걱정하면서 추가적인 치료를 원했다. 남편에게 적극적으로 자신이 바라는 것을 요구하고 성적 상상을 시도하면서 오르가슴을 잘 느껴왔는데, 최근 들어 그런 노력에도 불구하고 극치감을 맛보는 횟수가 줄어들었다는 것이었다.

남편의 테크닉이 워낙 형편없다고 불평하면서 자신이 극치감에 도달하려면 너무 많은 기를 써야 하니까 진이 다 빠진다고도 했다. 환자는 비아그라 처방을 다시 원했다. 그러나 복용한 뒤 두통과 코 막힘과 같은 부작용이 나타나 몇 번 시도하다가 중단할 수밖에 없었다.

어느덧 진료를 시작한지도 일 년. 그녀의 문제를 해결해주기 위한 치료 방법은 거의 바닥을 드러내고 있었다. 환자의 증상을 가볍게 보거나 요구를 무시해버리는 것은 올바른 태도가 아니다. 만약 증상이 정신적 문제이거나 요구가 지나친 것이라면 정신과적 진료를 권유해볼 수 있다. 그렇지만 환자에게서 엿보이는 진지한 태도나 증상을 호소하는 구체적인 이야기를 듣다 보면 그러한 요소를 발견하기 어려웠다.

그러나 언제부터인가 그녀가 부담스럽기 시작했다. 마땅히 해줄 것도 없는데 구체적인 증상을 호소하면서 추가적인 처방이나 치료를 원했기 때문이다. 그럴 때마다 적당히 안심시키고 격려하면서 넘기곤 하였다. 환자 역시 나에게 별다른 묘책이 없으리라는 점을 눈치 챘을 것이다. 환자는 근본적으로 자신의 극치감을 현저하게 개선시킬 방법을 원했다. 하지만 성욕이 줄었다고 하면 남성호르몬 치료를 하다가 괜찮다고 하면 중단하는 정도의 소강상태가 지속되었다.

그러던 어느 날 한동안 방문이 뜸하던 환자가 클리닉을 찾아왔다. 얼굴 표정이 어두웠기에 나는 부담감을 넘어 걱정이 앞섰다. 또 어떤 증상과 불만을 토로할 것이며, 어떻게 그 상황을 다시 모면할 것인지 긴장감마저 일었다. 환자는 아무래도 성욕이 오락가락하고 극치감을 느끼는 횟수가 점차 줄어들어 특단의 대책이 필요한 상황이라고 했다.

과연 이런 상황에 특단의 대책이란 것이 존재할 할 수 있기나 한가? 환자의 말을 들을 때 자괴감마저 들었다. 솔직히 “이제 좀 그만 하시지요” 하는 말이 혀끝에 뱅뱅 돌기 직전이었다. 그 순간 환자는 내가 전혀 예상하지 못한 의외의 말을 쏟아내었다.

“처음 병원에서 도플러 초음파검사를 한 후에 전반적으로 성생활이 향상됐던 것 같습니다. 그 검사를 다시 한 번 받을 수 있다면 위축된 질도 회복되고 성욕이나 극치감도 다시 좋아질 것 같습니다.”

“사실 검사 후에 성기능이 개선되긴 했지만 그것은 엄밀히 말해 검사일 뿐이지 치료 방법은 아닙니다.”

“그렇다고 해도 그 검사 후에 난생 처음으로 많은 것을 느낄 수 있게 됐으니 저한테는 제일 훌륭한 치료나 마찬가지입니다. 꼭 좀 해주세요. 부탁합니다."

난감했다. 검사하기 전으로 되돌려달라고 할 때는 언제이고, 이제 와서 그 검사를 다시 해달라고 하다니. 그리고 초음파검사 자체가 치료 효과를 보인다는 어떠한 증거도 없다. 그것은 단지 골반의 혈류 상태를 평가하는 진단검사일 뿐이다.

지금이야말로 정신과 이야기를 꺼내볼 때라고 생각하면서 살짝 망설이고 있던 순간 황당한 일이 벌어졌다. 갑자기 자리에서 일어선 환자가 진료실을 나서면서 저 건너편 초음파검사실에 가 있을 테니 검사를 해주지 않으면 집에 돌아가지 않겠다는 것이었다.

대꾸도 못하고 도플러 초음파검사를 지시할 수밖에 없었다. 검사를 마친 환자가 한층 밝아진 표정으로 진료실에 다시 들어왔다. 결과를 보니 이번에도 특별한 것은 없었다. 환자는 검사 결과엔 관심이 없는 듯 했고, 산부인과에서 여성호르몬 보충 요법도 계속하고 싶다면서 오늘 진료할 수 있게 해달라고 했다. 원하는 대로 다 해주었다. 그 후 환자는 오랫동안 클리닉을 찾지 않았다.

6개월이 지나서야 나타났는데 그것이 마지막 진료였다.

한 주에 한 번씩 부부 관계를 유지하고 있다면서 매번 질의 분비물도 충분하고, 오르가슴을 느끼는데도 지장이 없다고 했다. 다만 성욕이 감소될 때를 대비해서 남성호르몬 제제를 다시 처방받고 싶다고 했다. 남편 테크닉은 여전히 형편없지만 다행스런 것은 남편이 자신이 원하는 대로 대체로 잘 맞추어준다고 했다. 전반적으로 처음 병원을 찾았을 때보다는 성생활이 매우 원만해졌음을 분명히 알 수 있었다.

산부인과를 향하던 그 적극적인 여성은 검사도 치료도 이제 스스로 알아서 해나가는 경지에 도달한 것처럼 보였다. 그 환자는 결단코 정신과 진료가 필요한 사람이 아니었다. 적극적으로 성클리닉을 찾았고, 검사 과정에 진지하게 임했으며, 그 과정에서 느낀 새로운 감각에 몰두하여 자신만의 해결책을 발견한 것이었다.

당당히 진료실을 나서는 환자의 뒷모습을 멍하니 바라보면서 진정한 승자는 검사만으로 훌륭한 치료 결과를 이끌어낸 내가 아니고 클리닉 방문과 검사를 계기로 자신의 문제를 스스로 해결해내고야 만 그녀라고 생각했다. 그와 동시에 일면식도 없는 그 테크닉이 형편없다는 남편에 대해 왠지 모를 친밀감과 함께 동료의식마저 느껴졌다.

삼종지도
(三從之道)

잘 생긴 그 젊은이를 3년 만에 진료실에서 다시 만나게 되자 무척 반가웠다. 그는 진지한 목소리로 명료하게 말했다.

"정관수술을 받고 싶습니다."

"아니, 또 정관을 묶겠다고요?"

갑자기 뒷골이 당겨왔다. 그가 처음 클리닉을 방문했을 때의 황당한 사연이 머릿속에 떠올랐기 때문이다.

기억은 5년 전쯤으로 거슬러 올라간다. 20대의 미혼이던 그는 엄마와 함께 진료실을 찾아왔다. 그가 어머니를 엄마라고 불렀기에 여기서도 그냥 엄마라고 하는 것이 좋을 듯하다. 그 모자는 태도와 옷차림만으로는 부유하고 예의 바른 집안 사람들로 보였다. 그런데 그들이 쏟아낸 말들은 귀를 의심하게 할 만큼 놀라운 것이었다.

어릴 때나 학교 다닐 때도 늘 착실하게 엄마 말을 잘 따르고 말썽 한번 부려본 적이 없었다고 했다. 공부도 곧잘 했다. 유수한 대학에 들어갔고 졸업하자마자 누구나 부러워할 대기업에 취업했다. 아무런 문제가 없던 그에게 여자친구가 생기면서 이 이야기는 시작된다.

엄마는 그 여자친구와의 교제에 반대했다. 그러면서 난생 처음 모자지간은 갈등 상황에 놓이게 된다. 이러한 일은 종종 볼 수 있다. 그렇지만 이들 모자가 벌인 다음 일들은 결코 진부한 스토리가 아니다. 솔직히 말해 누구든 쉽게 이해하기 어려운 것이다.

아들이 연애를 시작하면서 엄마의 근심은 시작되었다. 그러더니 차츰 아들의 귀가 시간이 늦어지고 새벽에 들어오는 일도 잦아지면서 엄마의 근심은 노이로제의 단계로 접어들었다. 그 이유인즉슨 그냥 심심풀이 연애로 끝내면 될 일을 아들이 혹시 그 여자친구를 임신이라도 시켜 계획에도 없던 결혼으로 이어지면 큰일이라는 걱정 때문이었다.

아들이 연애를 시작하기 전에 모자 관계는 똑똑한 엄마

에 착실한 아들이라는 환상의 콤비였다. 마마보이라는 소릴 듣기 십상일 정도로 아들이 엄마의 말에 순종했다. 무슨 정신과적 문제가 있을 만한 정황은 표면적으론 없어 보였다.

사람의 근심은 원래 집착하는 성질을 보인다. 한 가지에 대한 집요한 근심 말이다. 복잡한 상황이나 여러 사건들이 벌어져도 구체적인 한 가지만으로 가슴을 졸인다. 만약 두 가지 이상의 문제를 똑같은 강도로 근심해야 한다면 온전한 정신 건강을 유지하기 어려울 것이다. 아마도 이것은 마음의 방어 기제 중 하나일 듯싶다. 여러 문제가 있어도 "이것만은 안 되는데…" 하면서 딱 한 가지에 집착하게 되고, 다른 것들은 가장 큰 문제의 그림자에 가려진다.

엄마는 아들이 여자를 만나는 것 자체를 문제 삼은 게 아니었다. 단지 자기가 반대하는 여자와 결혼하는 것을 받아들일 수 없었다. 아들을 누구보다 잘 아는 엄마의 입장에서 혹시 실수로라도 여자친구를 임신시키는 일은 결코 없어야 한다는 강한 신념을 가지게 되었다. 집착이 지나치면 다른 중요한 것을 놓치는 오류를 범한다. 신념이 지나치면 과정보다는 결과를 우선시하게 된다. 지나친 것들이 결합되어 내리는 결정은 간혹 극단적인 형태를 띤다.

어느 날 신문을 읽던 엄마에게 정관 복원 수술을 선전하는 비뇨의학과의 광고가 눈에 들어왔다. 문득 떠오른 생각에 병원으로 전화를 걸어 수술에 대해 물었다. 문제의 발단은 하필 전화를 걸었던 그 병원의 응대 내용에 있었다는 것이 엄마의 자기 변명적 주장이었다. 내용인즉슨 "아주 간단한 수술로 쉽게 복원이 가능하고 바로 활동할 수도 있습니다"였다. 엄마는 무릎을 탁 쳤다.

사실 비뇨의학과 광고에 정관 복원 수술이 인기 메뉴로 등장한 때가 있었다. 작금의 상황을 보면 아이러니하게도 우리나라는 한때 인구 증가를 막아보려는 정책을 편 적이 있다. 둘만 낳아 잘 기르자는 캠페인도 있었고, 예비군 훈련장에서 무료로 정관수술을 해주기까지 했다.

정관수술이 횡행했으니 정관을 복원하려는 사람들도 덩달아 늘어났다. 병원들은 다들 저마다의 방법으로 정관을 이어줬다. 문제는 고환에서 만든 정자가 그렇게 이어 놓은 정관을 잘 통과하여 사정액에 정상적인 정자 수를 나타낼 수 있느냐이다.

정자는 고환 조직의 정세관에서 만들어지고, 아주 길고 가느다란 정관을 통해 이동한 뒤 전립선액과 정낭액에 섞여 사정된다. 따라서 정관을 차단하는 정관수술은 남성의 흔한 피임 수단이다. 정관수술로 차단된 정관을 다시 이어주는 수술이 정관 복원 수술이다. 아무리 간단하게 다시 이어줄 수 있다고 하더라도 이런 미세한 관을 절단해야 하는 정관수술은 신중하게 결정해야 한다. 왜냐하면 정관 복원 수술을 받는 연령이 높을수록, 또 시행 받은 뒤 연수가 올라갈수록 복원 수술 후 임신 가능성이 점점 더 나빠지기 때문이다.

이러한 사실을 잘 몰랐던 것인지, 아니면 아들의 나이가 젊고 얼마 안 있다가 바로 이어줄 계획이어서 임신 가능성은 문제가 없을 것이라고 미리 집요한 계산을 했던 것인지는 알 수 없다. 하지만 엄마는 극단적인 결론을 이미 내리고 실행에 옮길 작정이었다.

엄마는 아들에게 그 여자친구와 헤어지지 않을 참이면 정관수술을 받으라는 폭탄선언을 했다. 이 정도만 해도 좀 이해하기 힘든데, 더 황당한 일은 아들이 엄마의 말을 따르기로 결정했다는 점이다. 자세한 내막은 알기 어렵지만 아들도 내심 임신에 대해 걱정했던 모양이다.

여자친구는 계속 만나야겠고 엄마의 반대가 극에 달하자 거역한 적이 없었던 아들은 자기가 수술을 받는 게 차라리 낫겠다고 판단했던 것 같다. 어떤 의사가 결혼도 안한 젊은

이의 정관수술을 해주겠는가? 모자는 병원 여러 곳을 돌아다닌 끝에 결국 만만한 의사를 발견하여 여러 방편으로 구슬리고 조른 끝에 각서까지 쓰고 정관수술을 받았다고 한다.

아무튼 젊은이는 여자친구를 무척 좋아했던 모양이다. 자기 딴에는 계속 교제를 하기 위해 정관수술을 받을 정도였으니까. 그런데 둘의 연애 기간은 그리 길지 못했다. 헤어지게 된 이유는 정확히 알 수 없으나, 정관수술 받은 일을 털어 놓은 것이 계기가 되었던 모양이다. 당연한 일이다.

자기가 교제하는 남자가 엄마의 권유로 정관수술을 받았다는 것을 알게 된 여자의 반응은 보나마나 뻔한 일이다. 누가 이런 괴이한 스토리를 이해할 수 있겠는가? 여자친구와 헤어진 뒤 남자는 한동안 실의에 빠져 지내다가 엄마의 소개로 선을 보게 되었다. 차츰 지나간 여자를 잊고 새로운 상대에게 애정을 느끼게 되었고, 결혼할 마음도 생겨났다. 그러자 엄마는 기다렸다는 듯이 아들을 데리고 정관 복원수술을 받기 위해 클리닉을 찾아왔던 것이다.

당시 결혼도 하지 않은 멀쩡한 청년이 정관수술을 받았다는 이유를 묻지 않을 수 없었다. 그간 벌어진 자초지종을 들으면서 이들 모자에게 어떤 정신적 문제가 있을 것이고, 특히 아들이 좀 모자라는 젊은이일 것이라 여겼다. 그러나 나의 이런 생각은 그들이 수술 전후 과정을 대처해나가는 모습을 보면서 사라졌다.

오히려 젊은이는 늘 예의 발랐고, 남의 말을 경청해서 들었으며, 말씨도 명료하고 차분했기에 매력적인 구석이 많았다. 엄마에게도 까다롭거나 성가신 면은 찾아보기 어려웠다. 복원 수술 후에 임신율은 100퍼센트가 아니라는 점과 합병증들을 설명해도, 수술만 해주시면 다 잘될 것이라는 긍정적인 태도를 보였다.

정관 복원 수술을 받는 이유는 다양하다. 단순히 자녀를 더 가지기 원하거나 재혼 때문에 자녀를 다시 얻고자 하는 경우 외에도, 자녀가 사망한 안타까운 사연도 있다. 정관수술 후에 여러 심리적인 원인으로 야기되는 신체 증상 등을 호소하면서 단순히 복원 수술을 원하는 경우도 있다. 목적도 제각각, 결정을 내린 사람도 꼭 본인이란 법이 없다.

현미경을 이용한 미세 수술로 젊은이의 정관을 섬세하게 다시 이어줬다. 고배율 현미경 시야에서 정관은 파이프처럼 굵게 보인다. 미세한 봉합사를 이용하여 양 끝단을 정확히 봉합하였다. 정관 주변에 유착이 없었고, 정관 수술 부위의 결절도 크지 않아 순조롭게 마칠 수 있었다. 이어주기 직전에 고환 쪽 정관 끝단에서 풍부한 액체가 분비되었다. 이를 현미경으로 살펴보니 살아있는 정자가 많이 보였다. 잘만 이어주면 임신하는 데는 큰 문제가 없으리라 생각했다.

수술을 마치고 몇 달 뒤 정액 검사를 해보니 정자 수가 거의 정상에 가까웠다. 결과를 설명해주었을 때 엄마는 안도하는 표정을 지으면서 몇 달 뒤 아들의 결혼 날짜가 잡혔다면서 정중하게 감사의 인사를 했다. 아들 또한 엄마가 짝짓는 결혼에 불만이 없어 보였다.

그 후 한 두 해를 넘겼을 즈음 병원 내 건강검진센터를 지나가다가 엄마를 우연히 만났다. 매년 정기 검진을 받으러 다닌다면서 반갑게 인사했다. 아들이 예쁜 딸을 얻었다고 했다. 핸드폰을 꺼내 들어 사진까지 보여주면서 다시 한 번 감사하다는 인사를 했다.

그것은 나에게도 무척 기쁜 소식이었기에 아드님은 분명 좋은 아빠가 될 것이라는 덕담을 건넸다. 엄마는 분가해서 사는 아들이 딸아이에 푹 빠져 자기에게 소원하다면서 불평을 털어놓기도 했다. 그 후 다시 만날 일이 없었고, 그 특별했던 사연도 흐르는 세월 속에 묻혀 갔다.

다시 진료실. 뻣뻣한 뒷목을 손으로 주무르면서 남자의

얼굴을 물끄러미 바라보았다. 엄마 말에 따라 정관수술을 받았고, 이후에 힘들게 정관을 복원했던 남자. 3년 만에 갑자기 다시 나타나 정관을 또 묶겠다고 했다. 딸아이 아래로 자식이 더 있냐고 물었더니 없다면서 딸 하나로 만족한다고 했다. 다시 정관수술을 하게 되면 다음 복원 수술은 쉽지 않다는 점을 설명하면서 신중하게 한 번 더 생각해보도록 권했다. 그러나 그는 단호했다.

"이제 자식도 두었으니 정관수술을 꼭 받아야겠습니다."

나는 잠시 망설이다가 묻고 싶은 질문을 뱉어내었다.

"이번에도 어머니 뜻입니까?"

젊은이는 고개를 좌우로 흔들었다. 결혼한 뒤로는 엄마가 그리 세세하게 간섭하지 않는다고 했다. 자신도 아내의 남편이자 아이의 아빠가 된 마당에 어떻게 정관수술 여부를 엄마의 결정에 따를 수 있겠냐고 반문했다. 그러면서 그가 한다는 말이 이랬다.

"제 아내의 뜻입니다"

봉건 시대에 여자로 살면서 세 가지 도리를 지켜야 하는데 이를 삼종지도(三從之道)라 했다. 삼종이란 세 가지를 따른다는 뜻이다. 어릴 때는 아버지 뜻에 따르고 시집가서는 남편의 뜻, 그리고 남편이 세상을 떠나면 아들을 따른다는 말이다. 여자는 그 본성이 순종하는데 있으니 자기주장을 하지 않고 충실히 이 셋을 따르는 것이 미덕이라고 가르쳤다.

유교 경전인 『예기(禮記)』에 나오는 말로서, 근대 이전의 유교 문화권에서 여성의 지위를 단적으로 보여주는 예다. 이 시대의 페미니즘을 언급할 필요도 없이 오늘을 사는 누구든지 웃고 넘길 진부한 이야기임에 틀림없다.

나는 이 젊은이가 어떻게 살아가고 있고, 또 앞으로 어떻게 살아갈지 대충 알 것 같았다. 이제 결혼하여 가정을 이루었으니 아내 뜻에 따르는 것이 가정의 평화를 위해 중요하다는 것쯤은 이 시대의 남자라면 누구든 다 안다. 나는 간단한 도구를 꺼내 몇 년 전 정성을 다해 이어주었던 그 정관을 다시금 묶어버렸다.

그는 임신 걱정 없이 아내에게 최선을 다할 것이다. 바지를 올리던 젊은이에게 엄마가 보여준 사진 속 딸아이가 무척 예쁘더라고 하자 그는 통증도 잊고 바로 환한 표정을 지으며 자식 자랑하는 팔푼이가 되기를 주저하지 않았다.

"태어나서 두 달도 안 되어 옹알이를 하더니 벌써 아빠, 아빠하고 부릅니다."

치료자는 바로 당신

결혼한 지 만 2년 된 젊은 부부가 함께 클리닉을 찾았다. 남자는 금융 시대 최고직업이라고 할 펀드매니저였고, 중매결혼으로 만났다는 매력적인 아내는 광고 회사에서 컨설턴트로 일하고 있었다. 둘 다 키도 크고 참 잘 생겼다. 옷차림으로 보면 최소한 둘 사이에 돈 문제는 없을 것 같았다. 흘깃 남편을 바라보는 부인의 눈길에는 이 남자의 문제가 심각하다는 사인이 짙게 깔려 있었다. 남자는 둘이 함께 오게 된 경위를 나지막한 목소리로 차분히 설명했다.

"만난 지 4개월 만에 결혼했습니다. 결혼 전에 서너 번 관계를 가졌는데 당시에는 아무 문제가 없었습니다. 결혼 첫날밤은 물론이고 신혼여행 때도 성관계에는 전혀 문제가 없었죠."

진솔하고 명료한 발음으로 그간의 일을 설명하던 남자의 목소리가 약간 떨리며 말문을 잇지 못하고 주춤거렸다. 이때 여자가 말을 이었다.

남편의 음성도 훌륭했지만 아내 또한 아나운서만큼이나 상큼한 목소리에 전형적인 서울 말투였다. 허리를 곧추세워 앉아 고개를 약간 옆으로 기울이면서 무척 설득력 있게 말하는 그녀의 태도는 마치 사업상 만난 손님을 대하는 듯했다. 그런데 자기 부부의 문제는 비교적 건조한 말투로 전달했다.

"결혼 후 한 달이 지나고 남편의 의욕이 눈에 띄게 떨어지면서 부부 관계 횟수가 한 달에 한 번으로 줄었습니다. 그 뒤로는 석 달에 한 번 정도였어요. 하도 관심을 보이지 않기에 너무한 게 아닌가 싶어 남편에게 졸라도 보았습니다. 하지만 회사일로 피곤하고 신경 쓸 일이 너무 많다면서 남편은 계속 회피했어요. 가장 최근에 마지막으로 관계한 것은 한 달 전인데 그게 무려 1년 만이었습니다."

여기까지의 이야기를 마치면서 그녀는 굳게 다문 입술을 입 속으로 당겨 넣으면서 시선을 옆으로 돌렸다. 남편은 멈칫거리다가 비교적 담담하게 아내의 말을 이어 나갔다.

"초등학교 6학년 때부터 자위행위를 시작했고, 고등학교 때는 하루에 몇 차례 할 때도 있었습니다. 지금 하는 업무는 고도의 집중력과 판단력을 요하는 정신노동인데, 자위행위를 너무 많이 한 탓인지 이른 나이에 기억력 감퇴를 경험하고 있습니다. 업무 능력도 많이 떨어져 고민이 큽니다."

이때 내가 잠시 끼어들어 자위행위와 기억력은 무관하다고 알려주었다. 그는 내 설명에 완전히 수긍하지는 못하겠다는 듯한 표정을 지으면서 이야기를 계속했다.

"성장 과정에서 외부 생식기에 관한 열등감으로 힘들었고, 공중목욕탕에도 못 갔습니다. 평소에 가지고 있던 왜소음경 콤플렉스를 해소하기 위해서 친구로부터 소개받은 개인 클리닉을 찾아갔습니다. 아내의 동의를 구한 뒤 음경 확대 수술을 받게 되었지만 수술 후에도 성기능은 전혀 향상되지 않았습니다."

남자는 이쯤에서 시선을 아래로 내렸다. 큰 키에 건장한 체구가 아까우리만큼 자신감 없는 태도를 보였다. 솔직한 부부의 이야기를 교대로 듣다보니 안타까운 마음과 궁금증은 더해만 갔다. 남편의 말문이 막히자 부인이 다시 입을 뗐다.

"남편이 더 이상 나와 살고 싶지 않아서 그러는가 하고 의심도 들었습니다. 그렇지만 본인이 알아서 해결하기를 기다리면서 적극적으로 치료를 권해보지는 않았습니다."

진료실에는 침묵이 흘렀다. 더 이상 둘은 말을 잇지 못했다. 우선 이전에 수술도 받았다고 하니 남자의 신체검사와 함께 간단한 발기능검사가 필요했다. 아내에게 잠시 나가 있도록 한 뒤 검사를 진행했다.

남자의 음경은 이전 수술로 두툼했고, 길이가 약간 짧았지만 전혀 비정상은 아니었다. 물론 근육질의 건장한 신체에 비해서는 스스로 약간 왜소하다고 느꼈을 수도 있었겠지만, 객관적으로 보아 대체로 무난하고 평범한 음경이었다. 검사를 진행하면서 보다 내밀한 문제를 물어보았다. 남자는 자신의 물건이 드러난 상태여서인지 약간은 부담스러워하면서도 제법 침착하게 말을 다시 꺼냈다.

"직장 생활을 하면서 혼전에도, 결혼한 후에도, 직업여성과의 성관계를 간혹 가졌는데 성기능이 문제가 된 적은 없었습니다. 요즘에도 밖에서는 아무런 문제가 없는데 집에서 아내로부터는 아무런 욕구도 느끼지 못하여 회피하게 되었습니다."

이쯤 되자 일견 건강해 보이는 이 멋진 커플의 문제가 심각한 수위에 이르렀음을 알 수 있었다. 검사를 마친 남자가 바지를 올리고 옷 매무새를 다잡으며 말했다.

"아내의 성격이 곧고 원칙적이지만 차갑게 느껴지는 면이 없지 않습니다. 결혼 초에는 자주 싸우고 다투었지만 점차 대화의 주도권을 아내에게 넘겨주었고, 가정의 평화를 위해 지금은 다 포기하고 그냥 져주는 척하고 있죠. 펀드매니저로서 고객들과의 관계라든지 정보 수집을 위해서도 퇴근 후에 모임이 많은데, 아내가 전화를 계속 해대면서 일찍 퇴근을 다그치면 짜증이 나지만 집에 갈 수밖에 없었습니다. 여러모로 사회생활이나 회사에서의 관계에도 문제가 많아졌습니다."

나는 한두 가지 상대가 없는 상태에서 꼭 물어보고 싶었던 것을 끄집어냈다. 왜 자위행위가 그토록 여러 지적 능력 감퇴를 가져왔다고 생각하게 된 것인지, 그리고 음경 크기가 정상인데 힘들게 확대 수술을 받게 된 이유를 물어보았다.

"나는 술이 약하지만 아내는 술이 셉니다. 일전에 둘이 술을 마시다가 평소처럼 아내에 비해 많이 취하고 말았습니다. 서로의 성문제를 이야기하다가 술 때문이었는지 어릴 때 자위행위에 빠졌던 이야기를 털어놓고 말았죠. 듣고 있던 아내가 불쑥 '평생 마실 술의 양과 평생 할 수 있는 성 관계의 횟수는 이미 다 정해져 있다는 말을 들었다. 당신은 늙으면서 술은 늘 테지만 관계할 숫자는 이미 다 써버렸으니 자신이 불행하게 느껴진다'는 얘기를 하더군요. 또한 음경이 왜소하다는 말을 아내로부터 듣게 되면서 사춘기 때 고민이 되살아나 무척 힘들었습니다. 음경 확대 수술도 아내의 권유가 계기가 되었습니다."

나는 남자에게 소변검사와 채혈을 시켰다. 남성호르몬 수치 정도는 측정해보아야 했다. 남자가 검사실에 머무는 동안 부인을 진료실로 불러 대화를 나눴다. 해주고 싶은 말들이 떠올랐지만 무척 조심스럽게 느껴졌다. 우선 남편에게 특별한 신체적인 이상 소견은 없고 기질적인 문제도 나타나지 않았다고 설명했다.

그리고 남편이 처한 상황과 차마 소통하지 못했던 안타까운 심정들을 대신 전달했다. 남자의 콤플렉스에 대한 내용에 이르러서는 여자의 얼굴이 약간 굳어지는 듯 했지만, 비교적 담담하게 내 이야기를 들어주었다.

나의 치료 경험들을 열거한 뒤 이런 경우 가장 중요한 치료자는 남편이 아닌 바로 아내가 될 수가 있다고 이야기해주었다. 때에 따라선 동의를 구하기 어려운 경우도 더러 있지만, 이 환자의 아내는 비교적 쉽게 고개를 끄떡거리면서 내 말에 수긍했다. 이러한 현상은 클리닉에서 자주 경험한다.

아무래도 문제를 해결하고자 하는 의지가 있어서 클리닉을 방문하는 것이고, 부부가 함께 온다는 것은 이미 해결의 실마리를 지니고 있는 것이다. 단지 얽힌 실타래를 풀 계기를 잘 몰랐을 수 있다. 금연 클리닉을 찾는 사람이 금연에 성공할 가능성이 높은 것과 유사하다.

나는 힘을 주어 이야기를 이어 나갔다. 남편의 마음을 편안하게 해주고 자신감을 불어넣어 주는 일이 가장 중요하다고 했다. 한편 할 수만 있다면 남편이 좋아하는 애정 표시 방법을 연구해보고, 특별한 잠자리 테크닉을 구사해보는 것도 도움이 될 수 있다고 말했다. 설명을 들으면서 여자의 눈이 휘둥그레졌다. 이미 치료자의 심정이 되어 내 말을 듣고 있는 듯 했다. 남편의 치료에 한 편이 되어 줄 것을 부탁했다.

검사 과정에 느꼈다면서 남편의 아내에 대한 사랑이 아주 애틋하다고 알려줬다. 확대수술은 통증이 심한 수술인데 아내를 위해 결심했던 것이 바로 그 증거라고 말해줬다. 남도 아닌 남편이니까 자신감을 갖게 해주고 할 수만 있다면 요염하고 자극적인 파트너로 관계에 임해주면 모든 것이 쉽게 해결될 것이라는 점을 강조했다. 대화를 마치자 똑똑한 그 여성은 마치 커다란 사업 계약을 한 건 체결한 것처럼 들뜬 표정을 지었다.

채혈 부위를 알코올 솜으로 누르면서 남자가 진료실에 들어왔다. 여자 입에서 외마디가 튀어 나왔다.

"많이 아팠어요?"

살짝 흘겨보는 듯한 여자의 입가에 미소가 일었다. 둘은 고맙다는 인사를 마치고 진료실을 나갔다. 들어올 때보다 더 멋져 보였다. 나는 그날 누구를 검사하고 누구를 치료하고 있는지 무척 헷갈렸다. 대신 세련되고 멋진 치료자를 환자의 집으로 동행시키고 있었기에 마음만은 든든했다.

불감증

느끼지 못한다는 것은 의학적으로는 감각 신경의 장애를 뜻한다. 말초신경에서 척수나 대뇌와 같은 중추 신경에 이르기까지 그 원인은 다양하다. 반대로 과도한 감각 신호의 유입이라 할 수 있는 통증으로 고통 받는 환자의 경우, 오히려 신경을 차단하는 치료를 시행하기도 한다. 고통은 무감각을 동경하지만 무감각 그 자체도 역시 고통이다.

느끼지 못하는 환자의 불편함은 이루 말로 다 표현할 수 없다. 특히 무감각은 더 큰 위험에 노출되는 것을 의미한다. 예를 들면 느끼지 못하니까 반사적인 회피가 이루어지지 않아 화상과 같은 외상의 위험성이 높아질 수 있다.

무감각은 불감증이라는 말과 함께 부주의한 사회병리적

상태를 일컫는데 사용되기도 한다. 차단된 감성은 인식의 중단에서 온다. 그것은 무지와 무관심에서 발원하고 나태함과 권태라는 세상을 대하는 태도의 문제로 고착되어 위기를 자초하거나 안전사고로 이어지기 일쑤다.

위기 불감증이란 말은 미래를 대비하지 않고 현실에 안주하는 인간의 나태함에 대한 경고다. 위기를 그저 무사히 넘기는 것에서부터, 그 위기를 기회로 삼아 발전을 도모할 정도의 현명함을 발휘해보라는 확장 가능한 충고의 어구이기도 하다. 위기를 위기로 인식하지 못하는 일은 도처에 널려있다. 뚜렷한 시그널과 사인들에도 눈과 귀를 막는다.

안전 불감증이란 말은 우리 사회의 치부를 드러내는 수식어가 된지 오래이고, 도덕 불감증은 지위 고하를 막론하고 횡행한다. 이러한 불감증은 결국 개인뿐만이 아니라 타인에게도 직접적 위해가 될 수 있다. 정도가 지나치면 개인의 위기 불감증은 불행으로, 조직의 위기 불감증은 해체로, 사회의 위기 불감증은 붕괴로 이어질 수 있다. 위기임을 느껴보는 것, 위기임을 느낄 수 있는 것, 그런 곳에서 위기는 오히려 기회로 변모하기도 한다.

그녀의 불감증은 견디기 어려운 것이었다. 젊은 여자의 불감증은 통증만큼이나 아프다. 30대 중반의 그녀는 모 중

앙 일간지에 기획 기사로 소개된 여성 성기능 장애에 관한 기사를 보았을 때, 큰 활자만 눈에 들어오고 작은 활자는 자세하게 읽을 수도 없었다. 가슴이 떨려오는 위기감을 느껴서다.

평소에 늘 생각하고 고민하던 상황을 글로서 확인한다는 것이 무서웠던 모양이다. 환자는 병원을 찾고 싶어도 늘 망설였다. 용기를 내어 병원에 오고서도 클리닉 앞까지 왔다가 다시 돌아가기를 반복하였다고 한다. 그러던 그녀가 어느 날 클리닉 문을 열고 들어왔다.

올해 결혼한 지 12년째로 자녀도 있고, 남편도 기술자로서 남들이 인정하는 직장에서 근무하는 일견 화목한 가정의 소유자. 그녀는 아직까지 부부 관계에서 오르가슴을 경험하지 못했고, 다만 자위행위로만 두세 번 느꼈을 뿐이라고 했다. 그러다보니 자연히 성욕도 없어지고 부부 관계를 할 때 질 분비물도 감소한다고 느꼈다.

무감각이 불러오는 새로운 고통으로 힘들어 했다. 점차 생활에서 짜증내는 일이 많아졌다. 이러한 불만을 남편에게 표현하지도 못한 채 점차 우울증만 키우고 있었다.

남편은 부인의 문제를 눈치 채지 못했고, 알았더라도 표면화 하고 싶지 않았던 모양이다. 맞벌이와 가사 돌보기로 둘 다 빡빡한 생활을 이어가던 부부는 서로의 고민을 허심탄회하게 이야기하기가 쉽지 않았을 것이다. 돈 문제나 아이들 문제라면 몰라도, 관계를 할 때 느낌이 없어 고민이라는 것은 자상한 남편이라 할지라도 그리 쉽게 말문을 열기가 어려웠을 것이다.

그녀는 상담 도중 계속 눈물을 흘리면서 서러워했다. 위로와 용기를 주면서 간단한 몇 가지 검사를 시행하게 되었다. 의외로 환자의 신체적인 반응은 매우 정상적이며 예민함을 알 수 있었다. 하체에 혈류를 증가시켜주는 간단한 약물 치료부터 우선 시행해볼 수 있었다.

검사 결과를 들은 환자는 망설이다가 병원을 찾게 된 직접적인 이유를 설명했다. 가족 모두 미국으로 건너 가 장기간 체류할 기회가 갑자기 생겼다는 것이다. 그래서 새로운 환경의 변화를 계기로 혹시 상황이 호전되지 않을까 하는 희망을 갖게 되어 처음이자 마지막이란 생각으로 용기를 내어보았다고 했다.

마음을 조금 열면 그 사이로 공감이 불어넣어진다. 공감은 밀폐된 감각을 되살린다. 진득하게 여러 문제와 고민들을 들어주다보니 조금이나마 환자의 답답한 가슴을 환기시켜 준듯했다. 자신감을 가지도록 몇 마디 더 조언을 덧붙였고, 말미에 미국에서의 생활이 분명 새로운 계기가 될 것이라면서 곧 실현될 예언처럼 강조해 주었다. 환자는 면담 시간과 검사를 거치면서 조금씩 안정되어 갔다. 자신의 신체에 아무 문제가 없다는 것을 검사를 통해 확인하고는 약간의 자신감도 회복하는 듯했다.

그녀에게 골반의 혈류를 증강시킬 목적으로 경구용 발기부전 치료제를 처방해주었다. 오래 전 일이라 환자 얼굴도 희미하지만, 경쟁 사회를 부대끼며 살다가 미국으로 떠나간 한 젊은 부부와 아이들의 모습을 지금도 간간히 상상해본다. 그들이 한층 여유로운 생활 속에서 밀폐된 마음을 열고 서로 공감하며 행복하기를 바라곤 했다.

성의학 클리닉은 부부의 숨겨진 사연을 엿들어야만 하고, 그들의 내밀한 문제들을 조심스레 다스려야 한다. 잠 못 이루는 미국 어느 도시의 깊은 밤, 어느 침실, 그녀는 사랑의 묘약 한 알을 몰래 삼키고 그토록 사랑하는 남편과의 합치를 통해 세상 처음으로 극치에 이르렀을까?

느끼지 못하는 위기로 클리닉 문을 열었던 그녀는 과연 새로운 기회를 접할 수 있었을까? 불감증은 감성의 영장, 인간만의 문제다. 인간은 생각하는 존재이고 위기를 기회로 변화시키는 존재이며, 또한 느낌을 논하는 유일한 존재다.

위대한
알약 한 개

과거부터 인간들은 명약을 찾아다녔다. 진시황이 갈구한 불로초에서부터 온갖 만병통치약이 인간의 욕망을 자극했다. 먹기만 하면 간단히 모든 것이 해결되는 그런 약 말이다. 경제적으로 윤택한 오늘날에는 모두가 진시황이다. 건강 관련 유기농 음식이나 영양제 시장은 규모가 막대하다.

사람들은 저마다의 건강 비법을 갖고 있고, 이에 부응하는 건강 관련 서적들은 서점의 한쪽을 차지한다. 매일같이 신약이 출시되고 병원은 그들의 임상 시험장이다. 아스피린이 한때 만병통치약처럼 처방되었고, 지금은 콜레스테롤을 낮추는 스타틴(Statin) 계열의 약들이 그 지위를 누리는 듯하다. 비타민D도 인기 상승 중이다. 무수한 약들, 그들이 지닌 약효들, 그 중 가장 위대한 효력을 발휘하는 한 알의 약은 과연 무엇인가?

겉으론 아무런 문제가 없어 보이는 젊은 커플. 결혼한 지 넉 달째니 신혼의 단꿈 속을 헤맬 시기에 부부가 함께 클리닉을 찾아왔다는 것만으로도 뭔가 큰 문제가 있음이 틀림없었다. 거기에다 함께 온 사람은 다름 아닌 여자의 어머니, 남자에겐 장모였다.

당사자들은 머뭇거리면서 말이 없었고, 장모의 얼굴은 상기되어 있었다. 종종 환자 대신 보호자가 증상이나 그동안 있었던 일들을 이야기하기도 한다. 소아인 경우 당연한 일이고 성인도 그런 경우가 있는데, 주로 귀가 어둡거나 인지 기능이 떨어진 고령 환자들이다. 그런데 이 멀쩡한 젊은 이들은 말이 없었고, 장모가 그 간의 사정을 설명했다.

결혼하고 한 번도 성관계를 제대로 못했다는 것이었다. 장모가 말문을 열자 남자는 한숨을 쉬었고, 여자는 고개를 숙이면서 훌쩍거렸다. 우선 장모 이야기를 들어보는 게 낫겠다 싶어 부부는 바깥으로 나가 있게 했다.

장모는 사위가 첫날 밤 관계를 시도조차 하지도 않았고, 여행에서 돌아와서도 이 핑계 저 핑계를 대면서 관계에 임하지 않았다고 했다. 딸아이가 혼자 끙끙 앓다가 최근에 울면서 하소연을 하는 바람에 알게 되었고, 아이들의 내밀한 문제에 관여하고 싶지 않았지만 어쩔 수 없어서 둘을 데리고 왔노라고 했다.

다음은 남자였다. 자신은 성기능에 문제가 없다고 했다. 회사 일이 바빠 귀가도 늦어 집에 가면 아내가 자고 있는 경우가 많다는 것이었다. 주말에는 주로 함께 있지만 서로 이야기도 잘 나누지 않아 성관계는 생각도 못한다고 했다. 문제가 심각해보였다. 첫날밤에 대해 물었다. 남자는 별로 떠올리고 싶지 않다는 표정을 지었다.

다음은 여자. 중매로 석 달 만나다가 결혼해서 서로 잘 모르는 면이 많은데, 남자가 일방적인 행동을 보여 무서울 때가 많다고 했다. 어떤 일방적인 행동이냐고 물으니 신혼 첫날밤에도 자신의 의사는 물어보지 않은 채 식도 치르고 먼 길도 왔으니 오늘밤은 그냥 자자고 하면서 먼저 잠들어 버렸다는 것이다. 여자는 그날 밤 자신에게 무슨 문제가 있나 싶어 한숨도 잘 수 없었다고 했다.

다시 남자. 왜 첫날밤에 그냥 먼저 잤냐고 재차 물었다. 사실 어떤 남자가 신혼 첫날밤 그냥 잘 수 있겠냐고 반문하면서 관계를 해보려는 시도는 했단다. 그런데 아내가 준비를 전혀 취하지도 않았고, 너무 긴장되어 보였다는 것이다.

만약 했다면 반 강제가 될지도 모르는 상황이었고, 분위기 탓에 발기도 잘 되지 않아 부득이 그냥 자자는 말을 할 수밖에 없었다고 했다.

이쯤 되자 진료실에서 진료를 하는 것인지, 경찰서에서 조사를 하는 것인지 헷갈릴 지경이었다. 장모는 딸아이가 불행한 삶을 살도록 그냥 둘 수 없으니 사위가 발기불능 상태라면 빨리 정리해주는 게 낫다는 생각을 하고 있었다. 정상 여부에 대한 확실한 검사를 원했다.

남자는 검사에는 응하겠지만 헤어질 마음은 전혀 없고 둘이서 해결할 시간이 필요하다고 했다. 여자는 당혹스럽고 두려워 판단이 잘 서질 않는다고 했다. 하여튼 얼핏 보기에는 논리적이고 경우에 어긋날 것 같지 않은 장모, 특별히 문제없어 보이는 건강한 청년, 수줍음이 많은 평범한 여자였다. 남자의 직장이나 여자 쪽 집안을 보면 경제적으로는 윤택해보였다.

남자를 하룻밤 입원시켜 야간 수면 중 발기검사와 시청각 성 자극 발기검사 둘 다 시행해보기로 했다. 장모가 법적인 의도를 내비치었기에 확실히 해둘 필요가 있었다. 혈액검사는 남성호르몬이나 그 외 당뇨와 갑상선 등 내분비 검사를 포함하여 모두 정상이었다.

야간 수면 중 발기검사는 리지스캔(Rigiscan)이라는 간단한 장치를 이용한다. 혈압을 재듯이 음경에 가느다란 고리를 감고 하룻밤 자고 나면, 고리의 센서를 통해 음경의 팽창과 굵기가 자동으로 기록된다. 정상 남자는 하룻밤 서너 번 이상 자연적인 음경 발기를 보인다. 음경이나 신체에 기질적인 문제가 없음을 확인하는 간편하고 중요한 검사다. 물론 수면과 관련된 여러 요인으로 인해 검사 결과의 해석에 주의해야 하고, 확실한 검사를 위해서는 사흘 연속 검사가 필요할 수도 있다.

남자는 4~5회의 삽입 가능한 정도의 강직 발기를 수면 중에 나타냈다. 따라서 신체적 문제가 아닌 심리적인 문제임을 확인할 수 있었다. 이것만으로도 기질적 문제가 아님은 밝혀졌지만, 성 자극에 적절히 반응하는지 보기 위해 오후에 시청각 성 자극 발기검사도 예정대로 진행하였다. 성인 영상물을 보면서 리지스캔으로 음경의 반응을 보는 검사다. 그런데 의외의 결과가 나왔다. 발기 팽창이나 강직도가 야간에 나타난 것에 비해 현저히 나빴다.

결과를 제일 궁금해 하는 사람은 셋 중 장모였다. 심리적인 문제니 걱정할 필요는 없다고 설명해주었다. 그런데 장모는 시청각검사 결과가 나쁘게 나온 이유를 궁금하게 여졌고, 이점에 대해 집요하게 물고 늘어졌다. 시청각 영상물의 내용이나 주변 분위기에 따라 달리 반응할 수 있기 때문에 그런 것이고, 야간 발기검사 결과가 확실하므로 별 문제가 없다고 재차 설명해주었다.

그러나 장모는 쉽게 납득하지 않았고, 추가검사를 요청하였기에 약간의 갈등 상황이 빚어졌다. 우선 여자가 이제 그만하자면서 어머니를 말렸다. 반면 사위는 무슨 검사든 다 받겠다고 나섰다.

발기검사에 대해 사전 지식을 미리 알고 온 장모의 주장에 따라 음경 도플러검사까지 시행하기로 했다. 발기 유발제를 주사하면서 음경의 혈류 상태를 확인하는 진단 방법이다. 혈관 문제로 인한 발기부전을 진단할 수 있다. 당연히 정상일 것으로 예상되었다. 주사제를 음경에 맞아야 되는 불편한 검사여서 사위에게 동의 여부를 한 번 더 물었다. 그는 흔쾌히 응했다. 사위의 음경은 정상적인 강직 발기를 보였고, 검사 결과는 정상이었다.

장모는 문제가 심리적인 것이면 정신과 진료가 필요한 것이냐고 물었다. 아무래도 이쯤에서 정리해야겠다는 기분이 들었다. 장모에게 정신과 진료는 현재로서는 필요 없다는 점을 분명히 했다. 아이들을 헤어지게 만들려고 온 것은 아닐 테니 둘에게 좀 더 시간을 줄 필요가 있다고 했다.

이런 경우가 왕왕 있다고 설명하면서 적절한 치료를 받으면 다 좋아질 것이라고 격려해주었다. 장모는 사위에게 신체적 결함이 있을 것이라고 어느 정도 확신을 가지고 왔는데, 모든 것이 정상이라고 하니 당혹스러워했다. 세상에 마땅한 이유도 없이 자식을 이혼시키고자 하는 부모는 없다. 장모는 딸아이의 행복을 위한 부모의 마음이니 이해하라면서 둘을 잘 치료해달라고 당부했다.

남자와 심층적인 면담을 했다. 우선 야간 발기검사와 시청각검사 결과가 다르다는 점을 말해주었다. 그 역시 쉽게 수긍했다. 예측한대로 시청각 자료가 자극적이지 않았다고 했다. 어떤 면에서는 자극성이 떨어지는 수위의 시청각 자료를 사용하는 것이 이러한 문제를 찾아내는데 유리할 수도 있다는 생각을 이전에도 여러 번 했다. 남자는 어떤 과도한 성적 자극에 몰입된 경우였다.

이런 현상은 사회적 문제를 초래하기도 한다. 결혼에 대한 경제적 부담은 물론이고, 얽매이지 않는 자유로운 삶에 대한 동경 등 여러 이유로 젊은 세대는 결혼을 기피하는 경향을 보인다. 특히 결혼의 의미를 종합적인 인격의 결합으로 보지 않고, 성적 욕구의 탈출구로 단순화시키게 되면 결혼에 대한 동기 부여가 어려워질 수 있다. 구태여 결혼을 않더라도 성적 욕구는 얼마든지 해소될 수 있기 때문이다. 또한 결혼을 하더라도 성적 자극에만 집착하다가 건강한 부부 생활의 의미를 깨닫지 못한 채 파국으로 치닫는 커플을 간혹 볼 수 있다.

지금 젊은 세대들은 물질 만능과 과도한 자극의 시대를 살고 있다. 웬만한 자극이 아니고서야 잘 반응을 하지 않는 탈감작(脫感作) 상태인 것이다. 탈감작이란 알레르기나 공포증의 치료로도 이용되는 민감 소실을 뜻한다. 탈감작 상태를 성관계에 적용시켜 보면 성적 흥분을 위해 특수하고 과도한 자극을 필요로 하는 상태, 즉 단순한 성적 자극으로는 발기가 유발되지 않는 상태를 의미한다고 볼 수 있다. 기호에 따라 분류되는 각종 포르노가 난무하고 갖가지 성 관련 업소들이 전문화, 특성화 되고 있는 세태에서 정상적 음경의 발기를 위한 자극의 한계치도 상승하고 있는지 모른다.

남자에게 특별한 성적 취향이나 욕구가 있는 것은 아닌지 물어보았지만 방어적인 태도를 취하면서 부인하였다. 어쩌면 기록이 남게 되고 정신과로 연계될 수 있다는 생각에 말조심을 하는 것일 수도 있었다. 없다고는 했지만 있다는 가정을 전제하고 그와 이야기를 이어나갔다.

결혼에 따른 부부 관계는 단순히 오르가슴적인 것만은 아니고 서로에 대한 이해와 배려를 바탕으로 하는 인격적인 것이라는 점. 책임과 의무를 다해야 하는 결혼의 계약적 측면. 출산과 육아, 그리고 교육을 통해 가정을 완성해가는 과정에서 보편적인 행복과 인간성을 실현해 나갈 수 있다는 점. 그리고 그러한 노력들이 바로 사회를 지탱하는 힘이라는 점 등에 대해서였다. 대화를 나누는 동안 눈빛이 교차하는 횟수가 늘었고, 공감 속에 남자는 점차 자기 이야기도 털어놓았다.

그는 이유를 다 알고 있었다. 화장을 짙게 하고 다니는 아내를 몇 번 만나보지도 못하고 부모의 성화에 못 이겨 결혼을 서두르게 되었다고 했다. 아내가 그다지 자기 취향도 아니고, 사랑하는 감정이 무르익지도 않았는데 덜컥 결혼한 자기 책임이 크다고 했다. 그러나 부모의 기대를 봐서도 그렇고 일단 결혼했으니 책임은 분명히 질 것이고, 서둘러 결혼했던 것처럼 또 서둘러 이혼한다는 것은 있을 수 없는 일이라고 했다.

잠시 말을 잇지 못하고 뜸을 들이던 그는 결혼 전에 잠시 사귀었다는 여자친구 이야기를 꺼냈다. 학교 다닐 때 클럽에서 한번 만났던 여성인데 결혼을 앞두고 우연히 다시 만나게 됐다고 한다. 선 본 아내와 이미 교제하던 시기였고, 결혼 날짜까지 잡힌 상태였는데도 그 여성과 한두 번 만난 뒤 급속도로 관계에 빠져드는 열병 같은 일을 체험했다는 것이었다.

그 여성이 무척 매력적인 여성이었던 것은 두말할 나위도 없었다. 그 여성과의 잠자리에서 처음 느껴보는 완전한 성적 흥분을 경험했을 뿐만 아니라, 그녀의 신체적 매력은 탁월했고 기술적 자극은 압도적인 것이었다고 고백했다. 사실 첫날 밤 그 여성이 머릿속을 맴돌았고 아내에게서 별다른 성적 흥분이 일지 않아 발기도 되지 않았다고 한다. 이후 아내와 갈등 관계에 놓이게 되면서 심리적으로 더 위축되고, 그 여성의 모습만 떠올라 아내와의 관계를 악화시킨 것 같다고 했다.

어떤 관계 후에 무력해진 한 남자의 이야기. 듣다보니 일부 특수한 거미나 사마귀와 같은 곤충의 세계에서 벌어지는 일이 떠올랐다. 이들 암컷 거미나 사마귀는 교미를 마치면 수컷을 잡아먹는다고 한다. 곤충학자의 말에 의하면 이러한 과정을 통해 암컷의 수정 능력이 향상되고 건강한 자손을 얻을 수 있다고 한다.

곤충들이 보여주는 독특한 본능의 세계를 인간관계에 빗

대어 본다는 것은 가당치 않다. 하지만 모든 살아있는 것들은 저들만의 세계 속에서 조화된 질서와 양태를 보여주므로 교미를 마치고 수컷을 잡아먹는 암컷 거미의 모습은 여러 은유적 의미로 탈바꿈이 가능하다.

자신만의 것으로 남아야 한다는 이기심, 자신을 괴롭힌 것에 대한 복수심, 자신의 비밀을 알아버린 자를 내버려 둘 수 없는 은밀성, 영원히 사랑하고자 삼켜버릴 수밖에 없는 지독한 소유심, 그저 관계 후에 느껴지는 허기나 단순한 배고픔….

그 무엇이 되었건 간에 남자가 그 여성에 의해 삼켜진 것만은 분명해보였다. 그리고 내 머릿속에서는 이미 거미의 뱃속에서 그를 다시 되찾아와 신혼의 침실로 멀쩡하게 되돌려 놓을 묘책이 떠오르고 있었다.

지금도 만나는지 물어보니 결혼 전 두세 번 관계하고 헤어졌다고 했다. 다행이란 생각이 들었다. 더 심각한 경우도 얼마든지 있다. 남자의 상태는 정신과적 문제가 아닌 단순한 심리적인 것이었다. 서로가 서로에게 어떠한 존재인지 그 진정한 의미를 아직 알지 못한 신출내기 부부의 단순한 무지가 만들어 낸 1차 방정식이었다.

괄호나 X에 적절한 무언가를 넣어주면 간단히 풀릴 문

제였다. 성적 판타지는 도처에 널렸다. 그것을 누리는 것은 자유다. 그러나 게임이나 가상현실을 집으로 가져오거나 성적 판타지를 침실로 끌어들이면, 거미나 사마귀의 밥이 되어 판타지와 비교도 할 수 없는 소중한 현실을 그르치기 쉽다. 가정이나 부부 관계는 판타지가 아닌 현실 속의 부대낌이다. 진정한 위로는 현실에서 가능하다. 거미의 뱃속에서 빠져나와 침실의 이불 속으로 기어들어가야 한다.

나는 그 여성을 다시 만나서는 안 된다는 점을 강조했다. 그리고 막상 아내와 한 번이라도 관계에 성공하고 나면 아내라는 특별한 여성의 매력을 새롭게 발견하게 될 것이고, 점차 서로에 대한 신뢰와 사랑을 키워갈 수 있다고 격려해주었다. 부부 관계는 다른 어떠한 관계와도 비교될 수 없는 내밀하고 섬세한 것임을 머지않아 깨우칠 수 있을 거라고 충고해주었다. 마지막으로 경구용 발기부전 치료제 한 개를 처방할 테니 부인과의 관계 1시간 전에 복용할 것을 설명했다. 남자는 동의했다.

남자가 삼킨 알약이 음경의 혈류를 개선하여 심리적 부담을 극복하고 성공적인 발기를 일으키게 했는지, 혹은 그동안 있었던 모든 판타지와 오해를 한 알의 약 속에 담아 과거 속으로 용해시켜 버리는 의식을 치른 것인지 알 수 없었다. 하지만 결혼 4개월 만에 부부는 첫 관계에 성공했고, 진정한 그들만의 첫날밤을 보낼 수 있었다.

부부는 아기를 둘이나 낳았고, 행복한 가정을 꾸려가고 있다. 단 한 알의 약. 이 세상에 얼마나 많은 약들이 존재하는가? 그 약들 중에 과연 어떠한 약이 이런 위대한 약효를 발휘할 수 있는가? 나는 내가 처방한 그 단 한 개의 알약이 인간과 인간의 관계를 회복시키고, 가정을 지켰으며, 사회에 기여했다고 믿는다.

남성 클리닉 에세이

갈치 가운데 토막

초판 1쇄 2018년 6월 25일
지은이 안태영·홍범식
발 행 (주)엔북

(주)엔북
우)04074 서울 마포구 와우산로3길 17 4층
전 화 02-334-6721~2
팩 스 02-6910-0410
메 일 goodbook@nbook.seoul.kr

신고 제 300-2003-161
ISBN 978-89-89683-60-5 03810

값 13,000원